자세한 건
만나서
얘기해

자세한 건 만나서 얘기해

약펴길 × 닥터이나

;

우리는 내일을 알 수 없어서

▥ 도서 『라면: 지금 물 올리러 갑니다』, 2021년

○ 넷플릭스 스탠드업 코미디 스페셜 〈나의 더글러스〉, 2020년

우리가 얼마나 다른지 떠올리면 이 정도로 가까워졌다는 것이 문득 신기합니다. 성격부터 생활 패턴, 취향까지 모두 다르죠. 제일 먼저 생각나는 것부터 말해볼게요. 이나 님은 새벽 늦게 잠자리에 들어 다음 날 점심시간 즈음이 되어야 잠에서 깨어납니다. 반대로 저는 아무리 늦어도 새벽 1~2시면 잠자리에 들고, 아침 8시 정도에 하루를 시작해요.

아, 오해하지 마세요. 일찍 일어나는 새가 벌레를 잡는다는 식의 잘난 척을 하려는 게 아닙니다. (사실 기상 시간에 따라 생산성이나 근면함이 딱히 차이 나는 건 아니래요. 일찍 일어나는 사람이 조금 더 우쭐댈 뿐이라고 하죠? 저는 일찍 일어나는 정도의 별것 아닌 이유로 우쭐대고 싶어 하는 그런 사람은 아님을 분명히 밝혀둡니다.) 그저 하루 중 실시간으로 대화를 나눌 수 있는 구간이 그리 길지 않을 정도로 둘의 생활 패턴이 다르다는 얘기를 하고 있는 겁니다. 밤이 깊어질수록 에너지가 넘치는 이나 님과 달리, 저의 경우에는 오후 5시를 넘기면 급격히 기력이 떨어지고는 해요.

다른 건 생활 패턴뿐만이 아닙니다. 얼마 전 함께 다니는 수영장에서 제가 깜짝 놀란 순간이 있었다고 말했던가요? 같은 반 회원들에게 쾌활하게 인사를 건네고 안부를 묻는 이나 님의 모습을 보며 '아, 저게 바로 외향형(MBTI로 따지자면 첫 자리가 'E'인) 인간이구나!'라는 생각을 했다고요. 사회생활을 짧지 않게 경험했고, 심지어 지금도 낯선 사람을 꾸준히 만나야만 하는 일을 하고 있음에도, 저는 일할 때를 빼고는 누군가 먼저 말을 걸어오지 않는 한 거의 한마디도 하지 않습니다. 이 밖에도 축구를 포함해 무언가를 열렬히 좋아하고 그것에 관해 신나게 말하는 편인 이나 님에 비해, 특별히 뜨겁게 좋아하는 게 없는 저는 대체로 모든 일에 미적지근한 온도를 유지하는 인간이지요.

이런 두 사람이 친구이자 동료가 되어 일도 하고 수다도 떨고 같이 놀기도 하는 건 아무리 생각해도 놀랍습니다. 우리는 꽤 오랫동안 팟캐스트 〈시스터후드〉도 함께 만들고 있잖아요. 여성이 만들거나, 여성이 비중 있게 등장하거나, 여성에 관해 중요한 메시지를 던지는 작품을 함께 보고 그게 얼마나 끝내주게 좋은지, 그 속의 여성과 실제 세상 속의 여성들은 어떻게 연결되어 있는지 고민하고 이야기 나누는 게 우리가 같이 하는 일 중 하나입니다.

많은 점이 다르지만, 성격이 급하고 노동에 대해 정당한 보상을 받는 것이 무엇보다도 중요하다고 믿는 부분만큼은 같은 우리 두 사람이 크게 돈이 되지도 않고 성과가 빨리 나지도 않는 일을 계속하고 있는 건, 둘 다 이 일이 꼭 필요하다고 생각하기 때문일 거예요. 우리 자신에게든, 다른 여성들에게든, 세상에든 말이죠.

2020년의 4월부터 8월까지 메일로 띄웠던 이 편지들도 우리가 함께 만든 결과물입니다. 서로 편지를 주고받는 형식으로 작은 책을 만들어보자고 처음 약속했던 때로부터 벌써 몇 년이나 흘렀네요. 그때 우리가 임시로 정했던 책 제목이 박정현 씨의 노래 〈편지할게요〉 첫 소절에서 빌려온 "꼭 편지할게요 내일 또 만나지만"이었던 거, 기억하시나요? 당시에는 같은 집에 살기까지 했으니 정말 '내일 또 만나지만' 굳이 편지까지 또 주고받는 사이가 될 뻔한 거죠. 여러 가지 이유로 그때는 편지를 주고받지도, 결국 책을 만들지도 못했지만요.

편지를 써보기로 다시 결심한 건 코로나19의 한복판을 지나는 동안의 일이었습니다. 이전보다 서로 자주 만나지 못했고, 그 어느 때보다 고립감을 느낄 수밖에 없었으며, 그래서 어떤 식으로든 이야기를 나누고 싶었으니까요. 물론 모바일 메신저로는 끊임없이 대화를 나눴지만 어떤 말은 시간을 두고 긴 글로 옮겨야만 할 수 있다는 걸 아시잖아요. 그리고 또 하나, 그건 우리가 서로에게 보내는 편지였지만 반드시 서로에게만 보내는 편지는 아니었어요. 생전 처음 맞이하는 시절을 각자의 자리에서 조금 외롭고 힘들게, 또는 불안해하며 보내고 있을 다른 여성들에게 띄우는 편지이기도 했습니다.

그렇게 우리는 매주 수요일 각자의 한 주를 기록했습니다. 정확히 어떤 이야기가 담길지, 어떤 모양의 편지가 될지 모른 채로 시작했어요. 본 것에 관해, 느낀 것에 관해, 지금 세상에 일어나고 있는 일들에 관해, 마음속에서 일어난 변화와 다짐한 것에 관해, 그러니까 지금 각자가 가장 말하고 싶은 것에 관해. 이렇게 편지를 주고받다 보면 코로나19가 곧 끝날 거라고 믿으면서요.

낯선 바이러스의 시대는 예상보다 빨리 끝나지 않았고, 그 탓에 스무 통의 편지가 모였습니다. 무엇이 어떻게 될지 모르고 쓰기 시작한 글들이지만, 이 편지를 통해 이나 님과 제가 서로는 물론 얼굴을 알지 못하는 다른 이들과도 안부를 묻고 연결될 수 있었으니 '바이러스의 시대가 예상보다 빨리 끝나지 않은 덕분'이었다고 해야 할까요?

이 글을 쓰기 위해 지난 편지들을 천천히 다시 읽어보았습니다. 제일 처음 읽고 가장 먼저 떠오른 감상은 좀 웃기지만 '어떻게 이렇게 잘 썼을까?'였습니다. 이미 원고를 쓴 과거의 나는 늘 현재의 나에 비해 훨씬 더 훌륭한 사람으로 느껴지잖아요. 지금 내가 쓰고 있는 글에 비해 과거의 글이 열 배 정도는 더 멋지게 느껴지는 건 말할 것도 없고요. 그런데 두 번, 세 번 거듭해서 읽고 나서는 약간 부끄러워졌습니다. '이런 이야기를 낯간지럽게 잘도 썼네?' 싶었거든요. 편지를 열 번 정도 읽은 지금은 특정 시기를 지나는 여기, 우리의 이야기를 남길 수 있어서 다행이라고 생각합니다. 그때만 볼 수 있었던 것, 느낄 수 있었던 것, 할 수 있었던 말이 있으니까요.

과거의 편지를 읽는 동안 타임머신을 타고 미래에서 온 사람이 된 것 같은 기분에 빠지기도 했습니다. 그동안 변한 것과 변하지 않은 것, 해결된 것과 해결되지 않은 것이 무엇인지 알게 되어서요. 여전히 외출할 때는 마스크를 씁니다. 이제 마스크는 번거롭기보다 얼굴의 일부가 된 것 같아요. 작년에는 곧 코로나19도 끝나고 노래연습장에도 마음껏 갈 수 있게 될 줄 알았지만 아직 조심스럽습니다. (부르고 싶은 신곡이 얼마나 많이 쌓였는지!) 끊임없이 예전을 그리워했던 2020년과 달리, 이제는 언제든 이런 식의 재난이 전 세계적으로 닥칠 수 있으며 그때그때 우리가 할 수 있는 일을 하는 수밖에 없다는 사실을 받아들이게 되었습니다.

하지만 기쁜 일들도 많았다는 걸 물론 잊지 않았어요. 1년 사이 이나 님의 재미있고 맛있는 새 책 『라면: 지금

물 올리러 갑니다』가 세상에 나왔고, 저는 새로운 일을 시작했습니다. 거기에 우리가 기다렸던 여성 코미디언 해나 개즈비의 새로운 스탠드업 코미디 쇼 〈나의 더글러스〉를 비롯, 크고 작은 좋은 작품과 뛰어난 여성들이 또 새롭게 등장했어요.

몇 년 전만 해도 코로나19와 함께하는 세상을 예상하지 못했듯, 2020년에는 오늘의 세상을 전혀 예상할 수 없었습니다. 미래가 정해져 있지 않다는 건 우리를 불안하게 만들기도 하지만 다른 한편으로는 우리가 좋아하는 영화 〈벌새〉의 대사처럼 "참 아름답고 신기"한 일이기도 합니다. 무엇도 알 수 없어서 우리는 수많은 고통을 겪으면서도 내일을 기대하고, 다가오는 모든 일에 처음처럼 기뻐하며 놀라고 감탄하기도 하잖아요. 똑같은 매일이 예정되어 있지 않으니까요.

앞날을 알지 못하고 써내려간 2020년의 이 편지들은 어떻게 읽힐지, 누구에게 가닿을지 무척 궁금합니다. 이 편지를 통해 우리에게 또 어떤 새로운 일들이 벌어질지도요.

언제나 예상과 다르게 흘러간다는 것이 삶의 정말 멋진 점이라고, 저는 여전히 믿고 있습니다. 이 편지들을 책으로 받아들 다른 이들에게도 이 책과의 만남이 예상치 못한 일이기를, 그럼에도 꽤 근사한 사건이기를 바랍니다. 저에게 이나 님과 함께한 많은 시간이 그랬듯이요.

2021년 10월 6일

오랜만에 글 쓰는 밤을 보내며,

효진

여전히 한국에서, 내 옆의 여자들에게

○ 넷플릭스 시리즈 〈그리고 베를린에서〉, 2020년

‖‖‖ 도서 『언오소독스: 밖으로 나온 아이』, 2021년

◇ 팟캐스트 〈시스터후드〉, 2018년 (진행중)

‖‖‖ 도서 『배움의 발견』, 2020년

○ 영화 〈브루클린〉, 2016년

그런 밤이 있습니다. 책을 읽다가, 영화를, 드라마를 보다가 갑자기 떠오르는 말들을 어딘가에 지금 당장 쏟아내고 싶다는, 믿기지 않게도 글로 써서 남겨야만 한다는 생각이 드는 밤. 아시다시피 저는 심각한 야행성이기 때문에 그런 시간은 대체로 모두가 잠들어 있을 때 찾아오곤 해요. 그러면 세상에 오직 나 홀로 깨어 있는 기분이 되어 말도 글도 되어 나오지 못한 문장들 속에서 헤매다 갑작스레 잠이 듭니다. 푹 자고 깨어나면 새벽의 욕망은 대개 사라져 있죠. 인간은 참 변덕스러운 동물입니다. 그렇지 않나요? 아니면 제가 또 저의 변덕과 게으름을 인간의 보편으로 확장시키고 있는 건가요?

오늘 밤이 그랬습니다. 넷플릭스 시리즈 〈그리고 베를린에서〉를 보았고, 기분 좋은 흥분에 휩싸여 잠이 오지 않았죠. 이왕 잠이 오지 않는 김에 메이킹 다큐멘터리까지 보고, 뉴욕의 초정통파 유대인 공동체를 떠나온 자신의 삶을 회고록 『언오소독스: 밖으로 나온 아이』로 쓴 원작자에 대한 온갖 정보를 검색하다가 기절하듯 잠들어버렸습니다. 원래대로라면 눈을 뜬 뒤에는 들뜸이나 욕망이 가라앉아 있었을 거예요.

하지만 오늘은 깨어난 뒤에도 이 작품에 관해 이야기해야 한다는 생각이 사라지지 않았어요. 평소 같았다면 효진 씨에게 연락을 해서, 우리가 함께 만드는 팟캐스트 〈시스터후드〉에서 다뤄야겠다고 말했을 거예요. 물론 그렇게 했고요. 그런데도 우리가 함께 이야기하기 전에, 먼저 쓰고 싶은 이야기가 남아 있었습니다. 운 좋게도 그런 이야기들을 하기 위해 우리가 스스로 만든 마감도 남아 있었죠. 그래서 이 편지를 씁니다.

요새는 집에 오래 있다 보니 생각이 많아져, '지금 역병(신종 바이러스 코로나19)이 돌지 않았다면'으로 출발해 뻗어 나가는 여러 가지 가정법을 만들곤 합니다. 대체로 'if+주어+과거 동사'라는 성문 영문법적 공식을 따라가는 가정법이에요. 그러니까 현재 사실의 반대라고 할 수 있겠네요. (과거 사실의 반대인지 헷갈려 검색해보았습니다. 도대체 왜 현재 사실의 반대인데 '과거'라는 단어를 붙여놓은 것일까요?)

최근에 자주 만드는 가정법은 이것입니다. '만약 내가 예정대로 런던으로 유학을 갔더라면, 세계적 유행병으로 인해 재편되고 있는 이 세계를 나는 어떻게 감각하고 있을까?' 괜히 멋있게 써보았지만 실은 공적 의료가 제대로 작동되지 않고 있다는 사실이 증명된 나라에서 학생 신분의 가난한 이방인인 아시안 여성으로서 나는 어떻게 살아남았을까, 살아남긴 했을까라는 질문에 더 가깝겠지요. 이 질문은 나는 아직도 떠나지 않았다는, 혹은 떠나지 못했다는 자각에서 나온 걸 테고요.

그렇다면 저는 도대체 어디를 떠나고 싶었던 걸까요? 당연히 한국이었습니다. 성인이 된 이후 대부분의 시간 동안, 저는 한국이 아닌 곳에 살고 싶었어요. '어디로'는 물론 중요하지만, 한국을 떠나는 것 자체보다 중요하지는 않았습니다. 여기에 시시콜콜 적기는 좀 어려운, 저라는 개인의 삶의 굴곡과 형편에 따른 많은 이유가 있지만, 무엇보다 저는 한국에서 살아간다는 것이 무서웠던 것 같아요. 비유적으로든 문자 그대로든 '무능한 아버지의 세계'인 이 나라에서 내가 언제까지 살아남을 수 있을

지 두려웠습니다. 한국에 있으면 하루하루 더 중력이 무거워지는 것만 같았어요. 한국에서 젊은 여성으로 사는 것도, 소속 없는 프리랜서 작가로 널뛰는 수입 속에 닥치는 대로 온갖 일을 하며 사는 것도, 그 어떤 경제적 기반도 제공해줄 수 없을 뿐 아니라 곧 내가 경제적 부양을 하게 될 부모의 딸로 사는 것도, 날이 갈수록 더 무거워지는 종류의 압박이었습니다. 저는 여기서 나이 들어갈 자신이 없었어요. 시간의 흐름을 늙어가는 것보다는 성장으로 감각해야 했던 스무 살 때부터 그랬습니다. 저는 언제나 한국이 무거웠어요.

언젠가 타라 웨스트오버의 책 『배움의 발견』을 읽고 이런 이야기를 나눈 걸 기억하나요? 타라 웨스트오버는 공교육을 거부하는 아버지로 인해 16년간 기본적인 교육 기회를 박탈당한 채 성장했습니다. 그가 겪은 일과 같은 선상에서 비교할 수는 없지만, 한국 여자들은 타라가 처한 상황이 어떤 것인지 알고 있다고요. 한국 여자들이라면 분명히, 가부장제의 신이 지배하는 가족, 사회, 세계의

야만과 닮은 풍경을 삶에서 목격했을 것이라고요. 〈그리고 베를린에서〉의 에스티도 다른 이름의 같은 세계를 살아갑니다. 아들들에게만 계명을 내려주는 신의 세계, 결국 아버지의 세계죠. 에스티의 이야기를 단순히 욕망이 허용되지 않고 자유롭지 않은 세계를 떠나는 여정이라고 말할 수는 없을 겁니다.

타라와 에스티의 이야기는 목숨을 걸고 존엄을 얻으려는 여자들의 탈출기예요. 그렇게 탈출한 여자들은 돌아갈 수도 없고, 돌아가지도 않습니다. 애초에 그들이 떠나온 곳은 내가 나로 존재할 수 있는 장소로서의 집도, 나를 지켜주는 공동체도 아니니까요. 타라의 표현에 따르면 '교육받은' 다음, 에스티의 이야기에 따르면 '다른 세상이 존재한다는 것을 확인한 이후'에는 결코 돌아갈 수 없지요. 자기 눈으로 직접 다른 세상을 확인한 여자들은 이전과는 다른 사람이 되었으니까요. 모험 후 귀환하는 남자들의 성장 서사를 여자들은 탈출기로 대신한다는 것이 보여주는, 여전한 세계에 대해서 한참 생각했습니다. 한참 생각한 뒤, 내가 여전히 한국에 있다는 걸 새삼스럽게 실감하게 되었죠.

한때 나는 집, 사회, 나라의 울타리를 벗어나는 것이 날이 갈수록 더해지는 현실의 무게를 덜어낼 유일한 방법이라고 믿었습니다. 지금도 타라와 에스티를 포함해, 극단적인 억압 속에 사는 많은 여성에게 물리적인 탈출은 중요할 거예요. 〈그리고 베를린에서〉에는 에스티처럼 초정통파 유대인 공동체를 떠난 여성들이 조연과 단역으로 출연합니다. 그중 한 명이 메이킹 다큐멘터리에서 이런 말을 남겼어요. "내가 할 수 있다면 당신도 할 수 있다." 이들이 받아온, 또 수많은 여성이 받고 있을 사회적 억압은 제 상상 너머에 있을 거라고 생각해요. 이들이 처한 현실과 제가 한국을 떠나고 싶어 하는 마음은 비교하기 매우 어려운 것이라는 걸 잘 알고 있습니다. 그런데도 제가 사람들이 고향이라고, 집이라고 말하는 곳을 떠난 여자들의 이야기에 저의 경험이나 감정을 어쩔 수 없이 겹쳐보게 되는 것은 무슨 이유일까요?

에스티가 친구들을 돌아보던 마지막 장면을 보면서, 저는 영화 〈브루클린〉을 떠올렸습니다. 그 이야기 속에도 고향의 작은 마을로 돌아가지 않고 뉴욕에 남기를 택한 아일랜드 이주민 여성 에일리스가 살고 있지요. 공교롭게도 이 영화에 대해 제가 몇 년 전 웹진《ize》에 쓴 글 역시, 주인공이 보냈던 편지에 대한 이야기로 마무리됩니다.

닉 혼비는 소설에는 없는〈브루클린〉의 엔딩을 통해, 젊은 여성으로 살아가는 삶의 여정에 선 모두에게 한 번 더 전한다. 죽을 만큼 힘든 순간은 앞으로도 찾아올 테지만, 죽지는 않을 것이라고. 누구든 이 영화들 속에 삶의 일부를 겹쳐둔 이들이 있다면, 삶의 여정에서 종종 이런 편지 같은 영화를 만나게 되기를, 그리고 곧 이런 답장을 전할 수 있기를 빈다. "이제 반쯤은 바다를 건넌 것 같아."라고.

몇 년 전, 홀로 유학을 준비하면서 저는 이 글을 자주 꺼내어 보았습니다. 그때는 몰랐지만, 지금은 그 시절의 나에게 이런 답장을 전할 수도 있을 것 같아요. 내 삶에는 많은 일이 있었지만 여기는 여전히 한국이라고. 그렇지

만 나는 이제 세계를 한국과 그 바깥으로 구분하지 않게
되었다고요. 이제 내게 세계는 살아남아야 하는 여성들
이 존재하는 곳, 내가 사랑하는 여성들이 살고 있는 곳이
며 안과 밖은 그리 큰 의미가 없다고도 말해주고 싶네요.
그저 나는 이 세계에서 세상과 삶과 사랑과 인생에 대해
내 옆에 있는 여자들과 끊임없이 이야기하면서, 서로에
게 힘이 되어주면서, 내 삶의 바다를 잘 건너가보려 애쓰
고 있다고요. 그래서 지금은, 내가 있는 곳이 언젠가 닿고
싶었던 어딘가라고 느끼고, 그러니 나 또한 "이제 반쯤은
바다를 건넌 것 같아."라고 말할 수 있게 되었다고요. 에
스티가 길 위에서 만난 여자들의 도움을 받아 비행기를
타고 먼 베를린에서 숨을 쉬게 되었듯이, 나 또한 많은 여
자들의 도움을 받았고, 나의 경우는 오히려 도망쳐 혼자
사는 일을 몰래 꿈꾸지 않아도 되게 되었다고요.

놀랍게도, 덕분입니다.

그리고 이제는 한 발 더 나아가 삶이 너무 무겁다고
생각될 때면 언제든 내 옆의 여자들에게 도움을 구하려
고 해요. 탈출하려던 에스티가 피아노 교습소의 선생님

에게 부탁했던 것처럼요. 내 옆의 누군가가 길을 잃은 것 같다면, 나침반을 같이 보고 방향을 찾아보자고 말할 겁니다. 누군가에게는 그게 탈출이고, 그게 한 세계를 떠나는 일일 수 있다는 것을 잊지 않으면서요. 이게 바로 지난 몇 년, 한국이라는 나라에서 살아가는 일의 무게를 나누어 지고 일상을 가볍게 만들어준 여자들에게 건네는 저의 감사 인사입니다.

그러니 효진 씨 또한, 언제든 필요하다면 물어봐주었으면 좋겠습니다. "도와줄 수 있나요?"라고.

2020년 4월 15일

좋은 꿈 꾸기를 바라며,

이나

언젠가 사라질 것이
두겹더라도

○ 영국 드라마 〈이어즈 앤 이어즈〉, 2019년

첫 번째 편지 잘 받았습니다. 저는 〈그리고 베를린에서〉를 이나 님의 편지로 먼저 알게 되었어요. 역시 이나 님의 제안으로, 〈시스터후드〉에서도 이 작품을 다루게 되었죠. 우리는 "길을 잃은 것"이 아니라 에스티처럼 길을 찾으러 떠나는, 자신의 자리를 찾아가는 여성들에 대해 이야기했어요.

녹음이 끝나고 스튜디오 밖으로 나온 저는 언제나처럼 트위터 앱을 켰죠. (특별한 이유가 있는 건 아니고 그냥 습관인데, 인정하고 싶지는 않지만 이 정도면 중독이라고 봐야겠죠?) 켜자마자 '예전처럼 누구나 언제든 여행을 갈 수 있는 시대는 당분간 오지 않을 것'이라는 내용의 뉴스가 떴어요. 이 뉴스에 관해서도 우리는 잠깐 이야기를 나눴습니다. 코로나 이후의 시대는 살아야 할 이유를 찾기가 정말 어려운 시대라고, 절반쯤은 농담으로요.

하지만 완전히 농담만은 아닙니다. 코로나를 몇 달째 겪으며 살아간다는 것에 관해 매일 생각하고 있어요. 이렇게 하루아침에 이전과 다른 세상을 맞이하게 된다는 건 뭘까? 인간은 이렇게 영원히 한 치 앞도 모른 채 살아야 하는 걸까? 앞으로 우리는 또 어떤 일들과 맞닥뜨리게 될까? 햇빛도 바람도 모든 게 완벽한 날씨에 집에 틀어박혀 있어야 하거나 사랑하는 친구들과 만나지 못하거나 마스크를 낀 채 공기조차 마음껏 들이마실 수 없다면, 이게 삶이라고 할 수 있을까? '사회적 거리 두기'가 강력하게 시행되기 시작하던 즈음에는 조금 무기력한 상태에 빠지기도 했어요. 언제 어떻게 될지 모르는 세상인데 열심히 사는 게 어떤 의미가 있을지 모르겠더라고요. 자고 일어나면 전 세계적으로 몇만 명씩 늘어 있는 어마어마한 사망자 수를 보며 더욱 그랬어요. 다른 재앙이나 사고 앞에서도 그랬지만, 인간이 이렇게 쉽게 죽을 수 있다는 사실에 매번 새롭게 놀라고 또 슬퍼지곤 합니다.

'죽음'이라는 단어와 마주하면 늘 떠오르는 장면이 있어요. 이건 아주 개인적인 장면입니다. 이나 님도 알다시피 몇 년 전 저는 외할머니를 잃었어요. 인간은 언젠가 모두 죽는다는 사실을 이론으로 아는 것과 실제로 경험하는 건 정말 정말 다른 영역에 있다는 걸 그때 알았어요. 할머니를 화장하고 남은 흔적을 확인하는데, 할머니의 골반뼈에 박혀 있던 철심이 보였습니다. 정확히 말하면 철심'만' 보였어요. 믿어지세요? 저는 보면서도 믿기지 않았어요. 형체가 있는 인간이었는데, 수십 년을 살아온 인간이었는데, 나와 손을 잡고 얼굴을 부비던, 피부와 체온이 있던 사람이었는데, 이제는 달랑 철심 하나만 남았다는 사실이요. 살고 죽는 게 아무것도 아닌 것 같다는 두려움 때문에 얼마나 많이 울었는지 모릅니다.

최근에 이 두려움을 다독여준 건 뜻밖에도 〈이어즈 앤 이어즈〉였어요. 근미래의 디스토피아를 가장 현실적으로 그렸다는 평가를 받는 작품이지만, 제가 이 드라마에서 좋아하는 부분은 현재에 관한 냉철한 진단이나 미래에 대한 예측과는 관계없습니다. 저는 인간과 인간다움을 이해하는 시선이야말로 〈이어즈 앤 이어즈〉의 핵심이라고 생각해요. 죽음을 앞둔 혁명가 이디스는 독재자 비비언 룩을 몰아내기까지의 시간을 돌아보고, 과학자들은 그의 기억을 물 분자에 코드화하려고 합니다. 과학자들이 모든 기억을 성공적으로 코드화했다고 믿을 무렵,

이디스는 말해요.

"틀렸어요. 당신들 완전히 틀렸다고요. 당신들이 저장한 것들과 다운로드한 것들, 그리고 내 일부들, 물에 복사한 그것들이 정말 어떤지 당신들은 모르죠. 난 코드가 아니에요. 정보도 아니죠. 이 기억들은 사실에 그치지 않아요. 그 이상이죠. 그 기억들은 내 가족과 연인, 엄마, 여러 해 전에 죽은 내 동생이에요."

이디스가 물리적으로 사망한 후 가족들은 이디스의 영혼이 AI인 '시뇨르'에 무사히 이식됐는지 확인하지만 사실 그건 중요하지 않을 거예요.

모든 인간은 언젠가 사라지지만, 그만의 고유한 흔적을 남깁니다. 몇 줄의 문장으로 간편히 요약되지 않을 감정과 기억들을요. 외할머니 방의 서랍에 깨끗이 개어져 있던 옷들과 쓰다 만 화장품처럼, 누군가 살아간 시간은 물건에, 공간에, 주변 사람들에게, 세상에 어떻게든 자국을 냅니다. 그러니까 중요한 건 살아 있던 누군가가 흔적도 없이 사라졌다는 결과가 아니라 '살았다는 것' 자체 아닐까요. 다른 사람과 사랑하고 싸우고 행복해하기도 하고 어떤 날은 좌절하거나 아주 슬퍼하기도 하면서. 햇볕을 쬐고 비를 맞고 얼굴로 바람을 느끼면서… 그건 아무것도 아닌 게 아니에요.

저는 이제 코로나 이후의 세상이 어떻게 바뀔지 너무 많이 생각하지 않으려고 해요. 이전과 똑같은 세상일 거라고 억지로 믿겠다는 게 아니라, 나빠질 미래를 상상하며 불안해하고 무기력에 빠지는 대신 매일을 좀 더 잘 살아가고 싶습니다. 모든 것을 잊어버리지 않기 위해서가 아니라, 내가 지금 살아가고 있다는 것을 더 생생하게 감각하기 위해서요. 언젠가 헤어질 것이 무서워 아무도 만나지 않을 수는 없듯이 언젠가 사라질 것이 두려워서 살지 않을 수는 없는 거잖아요. '코로나 사망자 수'로 표현되는 어마어마한 숫자 아래에 그만큼 개별적인 사람들의 다양한 삶이 있었음을 함께 기억하려고도 합니다. 그것이야말로 코로나가 종식되고 아무리 오랜 세월이 흘러도 절대 회복할 수 없는 것일 테니까요.

요즘 유튜브나 SNS를 구경하다 보면 "코로나 시국의

일상을 기록한다"는 문구와 함께 어떤 방식으로든 자신의 하루를 기록하기 시작한 사람들이 자주 눈에 띕니다. 오늘이 다시 오지 않는다는 것, 똑같이 반복되는 아무것도 아닌 날은 없다는 걸 생각하게 된 거겠죠. 이 글을 쓰고 있는 저의 오늘이 어땠는지도 기록해볼까요?

2020년 4월 22일 수요일. 오늘은 날씨가 흐려서 아침에 유난히 침대에서 일어나기가 힘들었어요. 처음 가본 카페에서 정신을 차리려고 아이스 드립커피를 마셨고요. 그 후에는 이나 님과 만나 실컷 떠들며 〈시스터후드〉 녹음을 했고, 녹음을 마치고는 마라탕과 꿔바로우를 먹으며 "너무 맛있다."고 열 번쯤 말했습니다. 날씨가 제법 쌀쌀해서 집으로 걸어오며 겉옷을 단단히 여며야 했죠. 오랜만에 집에 보일러를 틀었고, 함께 사는 고양이들이 좋아하며 바닥을 뒹구는 모습을 봤어요.

이것이 저를 둘러싼 현실이고 일상이며, 오늘의 삶입니다.

2020년 4월 22일

날씨가 얼른 따뜻해지기를 기대하며,

효진

계속 주고받아요,
편지를, 생각을, 마음을

○ 미국 드라마 <쏘리 포 유어 로스>, 2018년
○ 한국 드라마 <알 수도 있는 사람>, 2017년

우리가 처음 서로 편지를 주고받는 뉴스레터를 기획했을 때를 생각해봤습니다. 다루고 싶은 작품을 이야기하면서 한 달 치, 그러니까 각자 편지 두 통 정도는 미리 써놓을 수 있을 것처럼 자신만만하게 이야기를 나눴었지요. 그때는 편지를 '쓴다'고 생각했었거든요. 하지만 편지는 그런 게 아니라는 걸 이제야 알게 됐습니다. 답장을 받기 전엔 내가 할 수 있는 말이나 하고 싶은 말을 알 수 없더라고요. 편지는 '주고받는' 것이었어요. 효진 씨가 보내올 답장을 읽지 않고는 어떤 이야기가 제 안에서 튀어나올지 모른다는 것을 알게 됐고, 그래서 편지를 쓰는 일이 더 어렵고, 더 재밌어졌습니다. 편지를, 생각을, 마음을 주고받는다는 것은 참 멋진 일이네요.

답장을 읽으며 〈이어즈 앤 이어즈〉 속 한 장면을 다시 떠올렸습니다. 트랜스 휴먼이 되어 네트워크에 접속하는 일이 가능한 뮤리엘은, 죽음을 앞두고 기억을 코드화하려는 고모 이디스를 지켜보고 있습니다. 이들의 가족이 독재자 비비언 룩을 몰아내는 데 일조한 일에 관해 이야기할 때, 이디스는 우리 가족만 특별한 것이 아니었으며 그 일에는 아주 많은 사람들이 함께했다는 걸 강조합니다. 이 작품으로 〈시스터후드〉의 첫 유튜브 라이브 방송을 진행했을 때 효진 씨는 이디스의 그 말이 정말 좋았다고 말했어요. 저는 뮤리엘이 자신과 가족을 중심으로 그 서사를 다시 쓴 것, "나는 내 관점이 좋아요."라고 대답한 것이 좋았다는 이야기를 했습니다. 그리고 방송이 끝난 뒤 "그때 나와 이나 님이 이야기를 보는 방식이 다르다는 걸 알게 됐다."고 말해주었지요. 저는 그게 정말 재미있는 일이라고 생각했어요. 우리가 다르다는 것이요.

그러니 저는 이번 답장에서, 어느 날의 기억을 다시 건져 올려 저의 관점으로 이야기해보려고 해요. 그건 지난 편지에서 효진 씨가 "이나 님도 알다시피"로 축약한 날의 기억입니다. 효진 씨가 외할머니를 잃었다고 저에게 처음으로 말했던 날. 저 역시 그날로부터 멀지 않은 과거에 외할머니를 잃은 터였고, 그랬기 때문에 우리는 온갖 이야기가 아무렇게나 떠다니던 송년회의 한복판에서 울고 있는 서로의 팔을 붙들어주고 휴지를 건넬 수 있었습니다.

얼마 전, 저는 누군가에게 휴지 대신 "Sorry for your loss."라는 위로를 건네야 했습니다. 알고 지내던 사람의 할아버지가 돌아가셨거든요. 나의 언어로 전하는 "고인의 명복을 빕니다."가 아니기에 어쩔 수 없이 어색한 이 문장을 입으로 굴리면서, 같은 제목의 드라마를 떠올렸어요. 페이스북 비디오에서 볼 수 있는 미국 드라마〈쏘리 포 유어 로스〉입니다. 주인공 리는 실족사로 남편을 잃은 뒤 어떻게든 그 상실을 받아들여보려고 애를 쓰고 있는 젊은 여성입니다. 죽은 남편의 휴대폰 비밀번호를 알지 못해 전전긍긍하던 리는, 용기를 내어 네 자리 숫자를 눌러봅니다. 하지만 계속해서 틀려요. 결국 휴대폰이 잠겨버리자, 리는 절망하죠.

누군가가 저에게 제가 쓴 드라마〈알 수도 있는 사람〉이 생각났다며 보내준 이 장면에 닿기까지, 저는 남편이 죽은 뒤 그 죽음에 어떻게든 직면해보려는 리의 이야기를 따라가야 했습니다. 그건 고통스러운 일이었어요. 가까운 사람의 죽음을 포함해, 예기치 않은 이별과 상실 모두를 직면하면서 가야 했기 때문입니다. 저로서는 오랜 시간과 마음을 기울여 쓴 너무도 사랑하는 이야기이지만, 현실에서는 큰 상실을 가져다준 이야기와 마주하게 되는 과정이기도 했고요.

〈쏘리 포 유어 로스〉의 리와 〈알 수도 있는 사람〉의 주인공 이안이 계속해서 확인하게 되는 것은, 가장 사랑하고 그렇기에 그 누구보다 잘 안다고 믿었던 존재가 어쩔 수 없이 타인이라는 사실입니다. 리는 남편의 우울증을 완전히 이해하지 못하고, 그의 죽음이 사고가 아닌 선택일지도 모른다는 사실에 혼란스러워합니다. 어떻게 그런 선택을 할 수 있을까요? 내가, 사랑하는 사람이 이렇게 살아 있는데요. 이안은 죽어버린 오랜 연인의 비밀번호를 찾아내기 위해 애쓰면서 실은 그에 대해서 아무것도 몰랐다는 사실을, 그리고 모른 채로 모든 게 끝나버렸다는 사실을 깨닫게 됩니다. 하지만, 어쩌면 그보다 더 중요할 수 있는 또 하나의 진실도 알게 되죠.

제가 쓰고 싶었던 건 그 진실이었습니다. 스포일러가 되겠지만 리와 이안이 깨닫는 생생한 진실은 이거예요.

그래도 내가 사랑했고, 나는 그걸 안다는 것. 내가 이해하거나 납득하지 못하는 방식의 이별은 삶에 계속 찾아옵니다. 내 인생의 이야기에 중요한 등장인물이라고 믿어 의심치 않았던 사람이 갑작스럽게 퇴장하고, 빛났던 시절과 감정이 바래기도 하죠. 살다보면 사랑했던 사람의 '알 수도 있는 사람'이 되어버리는 일이 너무 쉬워서, 감정과 시간을 나누는 일이 허무할 때도 있습니다.

하지만 저는 상대에게 내가 어떤 존재였는지보다 나에게 상대가, 혹은 한 시절이나 추억이나 공간이 무엇이었는지를 알게 되는 것이 사람을 자라게 한다고 생각해요. 그렇게 상실 그 다음으로 나아갈 수 있다는 것이 제가 하고 싶었던 이야기였어요. 우리는 그렇게 계속 살아간다고요.

그러니 그날의 기억으로 다시, 돌아가보도록 합시다. 효진 씨와 제가 마주 보고 울며 서로를 위로해주었던 날이요. 제가 건져 올린 기억에는 또 다른 등장인물이 있습니다. 그 사람은 취했고, 우리의 이야기를 제대로 듣고 있지 않아요. 대신 웃고, 떠들고, 장난을 칩니다. 그러다 갑자기 말하고 있는 효진 씨의 입에 손가락을 집어넣죠. 상대적으로 조금 덜 취한 상태의 효진 씨와 저는, 웃어버립니다. 울 수는 없으니까요. 그리고 우리는 친구가 됐죠. 각자의 외할머니를 잃은 이야기를 나누던 두 사람이, 친구가 된 겁니다. 진지한 이야기를 하고 있는데 자꾸 입에 손가락을 넣었던 또 다른 사람도요. 그 생각을 하면 언제나 웃음이 납니다. 어처구니가 없어서요.

그런데 그게 실은 제가 생각하는 인생이고, 제가 우리가 잃어버린 것들을 바라보는 방식이에요. 그리고 그다음으로 나아가는 방식이죠. 우리는 사랑을 했고 이별했고 그래서 슬프다는 것을 아는 것. 어처구니없지만 슬픔 속에 자꾸 끼어들던 손가락 같은 것도 있었기에 우리가 울다가 웃을 수밖에 없었음을 기억하는 것. 그렇게 기억하면서, 살아서, 다음으로 가는 것.

저에게 중요한 건, 할머니를 기억하는 제가 살아 있다는 거예요. 저는 할머니를 기억하는 것만큼이나 할머니를 사랑했던 나를 기억하고 싶어요. 할머니에게 선물할 반지를 찾기 위해 바르셀로나의 벼룩시장을 돌아다니던 나를, 그런데 사고 보니 '메이드 인 차이나'라서 끝내 그걸 비밀로 한 스물세 살의 나를 떠올리면 거기 할머니가 있습니다. 돌아가시기 일주일 전에 나에게 비밀을 알려 주었던 할머니가요. 아들 집이 아니라 큰딸인 우리 엄마 집에 사는 게 부끄러워서 늘 "잠시 다니러 왔다."고 말하곤 했지만, 죽을 날을 앞두고 보니 외손주인 오빠와 손주 며느리가 낳을 증손주가 보고 싶어서 조금만 더 살고 싶다고 했던 나의 할머니. 그런 할머니를 사랑해서 행복했고 더는 할머니를 볼 수 없게 되어 슬펐던 것처럼, 또 누군가를 사랑하는 것으로 생생하게 나 자신을, 살아 있음을 느끼면서 마저 살아가고 싶습니다. 인간은 울다가도 웃을 수밖에 없고, 상실의 고통 속에서도 밥을 밀어 넣는 존재라는 것을 몇 번이고 다시 생각하면서요.

살아 있음을 보여주는 또 다른 일이 하나 생각났습니다. 너무도 다른 두 사람이 친구가 되어서, 편지를 주고받고 또 세상 온갖 것에 대해 매일같이 떠들 수 있다는 건

정말 얼마나 '살아 있는 일'다운가요. 그러니 계속 주고

받도록 해요. 편지를, 생각을, 마음을.

2020년 4월 29일

답장을 기다리며,

이나

저는 상대에게 내가 어떤 존재였는지보다

나에게 상대가, 혹은 한 시절이나 추억이나

공간이 무엇이었는지를 알게 되는 것이

사람을 자라게 한다고 생각해요. 그렇게 상실

그 다음으로 나아갈 수 있다는 것이 제가

하고 싶었던 이야기였어요. 우리는 그렇게

계속 살아간다고요.

네 이야기를 써,
무엇에 관한 것이든

○ 넷플릭스 오리지널 영화 <반쪽의 이야기>, 2020년
|||| 도서 『멀고도 가까운』, 2016년

지난 편지를 쓸 무렵에는 매일 밤 전기장판을 켜고 잠들었어요. 이 편지를 쓰고 있는 오늘의 날씨는 초여름 같습니다. 반소매 티셔츠만 입고 밖으로 나가도 팔뚝에 닭살이 돋지 않고, 길을 걷다 보면 햇볕에 얼굴이 그을리는 것 같아요. 어제부터는 정수한 물을 냉장고에 넣어두고 차갑게 마시기 시작했습니다.

제가 사는 집 근처에는 며칠 사이 이팝나무 꽃이 만개했어요. 검색해보니 옛날 사람들은 이팝나무의 꽃이 많이 피면 풍년이 들고, 그렇지 못하면 흉년이 든다고 했다네요. (도시에 살면서 나무를 보고 올해가 풍년일지 흉년일지를 점치는 것은 좀 머쓱한 일이지만 아무렴 어때요. 이럴 땐 좋은 게 좋은 거죠.) 봄이 훌쩍 지나가버려서 개나리도 벚꽃도 제대로 즐기지 못해 아쉬웠는데, 대신 초여름의 풍경을 세밀히 관찰하게 됩니다. 이팝나무라는 나무가 있다는 것도, 그 나무의 꽃이 정말 흐드러지게 핀다는 것도, 서울에 이 나무가 이렇게 많았다는 것도 올해 처음 알았어요.

날씨란 입을 떼기에 가장 좋은 소재임이 분명합니다.

저는 일 때문에 메일을 보내야 할 때도 보통 날씨 이야기를 쓰거든요. "따뜻한 날이네요. 바쁘시더라도 잠깐 산책할 틈이 있으시기를 바랄게요." "퇴근할 때 빗길 조심하세요." 같은 식으로요. 우리가 '주고받는' 이 편지 역시, 날씨 이야기로 시작하니 한결 가벼운 마음으로 쓰게 돼요. 실은 지난 한 주 동안, 너무 오랜 시간 누구에게도 보낸 적 없던 '편지'를 어떻게 써야 할지 고민이 많았거든요. 더구나 편지의 형식을 빌려 몇 개의 작품에 관한 이야기를, 더 나아가 저 자신의 이야기를 하는 경험은 처음이니까요.

엊그제는 넷플릭스에 새로 올라온 〈반쪽의 이야기〉를 봤어요. 스쿼하미시라는 곳에 사는 중국계 미국인 엘리 추는 친구들의 과제를 대신해주는, 글쓰기에 뛰어난 학생입니다. 그러던 어느 날 한 남자아이가 다른 여자아이에게 보내는 러브레터를 대필해주면 돈을 주겠다고 제안해요. 그 러브레터를 받을 상대는 마침 엘리가 관심을 갖고 있던 여자아이 애스터입니다. 남자아이의 제안을 거절하며, 엘리는 말해요. "편지는 사적인 거야. 진솔하게 써야지. 내가 네 진심을 쓸 수 없어"

그러나 늘 돈을 필요로 하는 엘리는 결국 제안을 수락합니다. 사랑해본 적도, 사랑을 제대로 고민해본 적도 없는 그는 영화 속 대사를 베껴 첫 번째 러브레터를 대필하고, 그 사실을 애스터에게 금세 들키고 말죠.

"난 가끔 다른 사람들 틈에 숨어."라고 말하는 엘리처럼, 다른 사람의 말을 빌리지 않으면 이야기를 시작하기조차 어려운 부류의 사람들이 있습니다. 저 또한 그런 사람이에요. 이 편지를 통해 작품을 빌려 글을 써보기로 한 것도, 이러지 않으면 좀처럼 저의 이야기를 밖으로 끄집어낼 수가 없기 때문입니다.

종종 글쓰기나 기획에 관한 강의를 할 기회가 있어요. 거기서 꼭 받는 질문 중 하나는 "제 이야기를 어디까지 솔직하게 써야 할까요?"입니다. 저는 "일단 글을 계속 써보세요. 그러다 보면 내가 어디까지는 감당할 수 있고 어디부터는 감당할 수 없는지 감을 잡을 수 있을 거예요. 자신의 마음을 불편하게 하지 않는 선이 어느 정도인지 계속 시험해보세요."라고 답합니다. 이렇게 말하고는 집으로 돌아오는 길에 후회하죠. 아직 나도 어디까지 나를 드러낼 수 있을지 모르겠는데, 내가 뭘 안다고 그런 말을 했을까? 최근 이 편지를 쓰며 제가 정말로 저의 이야기를 하기 힘들어하는 사람이라는 걸 깨닫고 있어요. 머릿속으로 이런저런 소재를 떠올리다가 이건 굳이 말할 필요가 없을 것 같아서, 이건 다른 사람에게 의미 없을 것 같아서, 이건 아직 내가 감당할 수 없는 이야기라서 모두 탈락시키고는 해요.

물론, 내 이야기를 한다는 것이 나의 모든 것을 솔직하게 드러낸다는 뜻은 아닙니다. 글은 누군가를 놀라게 하기 위한 충격 고백 같은 것이 되어서는 안 될 테니까요. 내가 하고 싶은, 할 수 있는 이야기가 무엇인지 정확히 찾고, 그 이야기를 왜 지금 내가 해야 하는지, 그 이야기를 통해 내가 보여주고 싶은 진실은 무엇인지, 어떤 진실을 통해 다른 사람들과 연결되고 싶은지 알고 글을 쓴다는 의미예요.

며칠 전 밤에는 잠을 설치다 리베카 솔닛의 책『멀고도 가까운』을 읽기 시작했습니다. 원래는 이번 편지에서 엄마 이야기를 하고 싶었거든요. 저는 딸을 질투했던 엄마, 지금은 병 때문에 자신을 잘 알아보지도 못하는 엄마에 관해 리베카 솔닛이 어떻게, 얼마나 솔직한 이야기를 썼는지 알고 싶었어요. 그러다 이 문장과 마주쳤고 밑줄을 그을 수밖에 없었습니다.

글쓰기는 누구에게도 할 수 없는 말을 아무에게도 하지 않으면서 동시에 모두에게 하는 행위이다.

왜, 그런 경험 있잖아요. 무엇에 대해 골똘하게 생각하고 있을 때는 읽는 책의 문장이, 보는 영화의 대사가, 그러니까 온 우주가 나에게 그것에 관한 힌트를 던져주려고 애쓰고 있다고 느끼는 경험이요. (너무 자의식 과잉인가요?) 실은 우리가 어디서든 절실히 힌트를 구하는 것이겠지만요. 〈반쪽의 이야기〉와『멀고도 가까운』은 저에게 말했어요.

네 이야기를 써, 너의 언어로. 무엇에 관한 것이든.

〈반쪽의 이야기〉에는 처음부터 끝까지 사랑에 관한
명언이 등장해요. 그건 엘리가 기대고 숨는 다른 사람들
의 말과 글이기도 하죠. 엘리는 플라톤의 『향연』에서 "사
랑이란 완전함에 대한 추구와 갈망에 붙인 이름일 뿐이
다."라는 문장을, 사르트르에게서 "타인은 지옥이다."라
는 문장을 발견하고 잠깐 제 것으로 삼습니다. 그러다 애
스터를 향한 자신의 마음을 똑바로 보고, 사랑에 관해 알
려고 노력하면서 자신만의 정의를 만들게 돼요. 그러니
까, 이렇게요.

"사랑은 엉망진창에 끔찍하고 이기적이고, 완벽한 반
쪽을 찾는 게 아니라 노력하는 것. 손을 내밀고, 실패하는
것. 훌륭한 걸 그릴 기회를 위해 괜찮게 그린 그림을 기꺼
이 망치는 것."

애스터를 위한 편지를 쓰며 엘리가 자기 자신에게 솔
직해지는 방법을 배우고 자신만의 언어를 찾았듯, 제가
이 편지를 쓰는 이유도 마찬가지 아닐까 생각했어요. 여

전히 다른 누군가의 말과 글에 기대어 천천히 이야기할 수밖에 없지만 기대고 싶은 말과 글을 계속해서 찾을 수 있다는 건 그래도 행운이겠죠. 엄마를 향해 복잡한 감정을 품고 있는 여성, 다른 여성을 사랑하며 자신을 더 잘 알게 된 여성, 세상은 참 신기하고 아름답다고 끝내 말하는 여성들 덕분에 저 또한 저의 이야기를 조금씩 꺼내어 볼 용기를 얻게 되었어요.

노력하는 것. 손을 내밀고, 실패하는 것. 엘리(사실은 앨리스 우 감독)의 이 말은 글을 쓰는 일에도 적용할 수 있을 것 같아요. 글로써 내 이야기를 한다는 것은 노력하는 것. 손을 내밀고, 실패하는 것. 훌륭한 것을 쓸 기회를 위해 괜찮게 쓴 글을 기꺼이 망치는 것. 그러니 때로는 실패하고 망치면서, 계속 편지를 써볼게요. 어쨌거나 저에게는 저의 편지를 받고 읽어줄 수신자가 있으니까요.

2020년 5월 6일

⟨반쪽의 이야기⟩ 플레이 리스트를 들으며,

효진

추신.

〈반쪽의 이야기〉에는 아주 중요한 글쓰기 팁이 나와요. "동의어 사전 챙기고 맞춤법 검사해." 물론 엘리가 하는 말이죠. 이런 대사가 나오는 작품인데 좋지 않을 리가 있을까요?

내 이야기를 한다는 것이 나의 모든 것을
솔직하게 드러낸다는 뜻은 아닙니다.
글은 누군가를 놀라게 하기 위한 충격 고백
같은 것이 되어서는 안 될 테니까요.
내가 하고 싶은, 할 수 있는 이야기가
무엇인지 정확히 찾고, 그 이야기를 왜
지금 내가 해야 하는지, 그 이야기를 통해
내가 보여주고 싶은 진실은 무엇인지,
어떤 진실을 통해 다른 사람들과 연결되고
싶은지 알고 글을 쓴다는 의미예요.

칭찬을 받으려고 굽을 수는 없어

○ 영화 〈작은 아씨들〉, 2020년

▥ 도서 『작은 아씨들』 완역 1·2권 통합본, 2019년

저는 방금 네 시간 동안 쓴 편지를 지우고 새로운 문서창을 열었습니다. 지난 편지에서 효진 씨가 〈반쪽의 이야기〉에서 건져 올린 대사에 따르면, "훌륭한 걸 그릴 기회를 위해 괜찮게 그린 그림을 기꺼이 망치는" 행위와 비슷한 것이겠지요. 하지만 실은 '그래도 읽을 만한 편지를 쓸 기회를 위해 엉망진창으로 쓴 글을 아깝지만 고통스러워하면서 버리는' 행위라고 할 수 있겠습니다. 하지만 휴지통 비우기는 하지 않았어요. 혹시 모르니까요. 이것 역시 지난 편지에서 중요한 글쓰기 팁으로 언급한 영화 속 대사 "동의어 사전 챙기고 맞춤법 검사해."만큼이나 중요하다고 할 수 있겠습니다. 혹시 모르니 모든 버전을 저장할 것. 휴지통 비우는 알림음이 아무리 상쾌해도, 글을 완전히 지우지는 말 것.

저는 글을 쓸 때 제 이야기를 꽤 많이 하는 사람입니다. 저뿐만 아니라 가족의 이야기나 친구들이 저에게 한 말 같은 걸 글로 써서 남기는 일을 두려워하지 않는 편이에요. 효진 씨의 편지를 읽고 제가 저의 이야기를 하는 걸 그다지 어려워하지 않는 이유에 대해 생각해봤어요. 저는 비평을 제외하고 '나의 이야기'로 지금까지 쓴 대부분의 글이, 픽션에 가까운 것이라고 생각하고 있어요. 에세이조차도, 혹은 에세이이기 때문에 더욱. 그러니 책(이야기) 속의 저는 제가 만든 사람이고, 제가 해석해 다시 구성한 저와 저의 이야기일 뿐이므로, 실제와 완전히 같을 수 없다고요.

하지만 분류에 따르면 에세이의 한 갈래임에도 불구하고, 편지는 신기하게도 글을 쓴다기보다 말을 하는 느낌이 듭니다. 그리고 말을 할 때, 저는 훨씬 솔직해지고 또 저를 잘 드러내놓곤 해요. 구체적인 대상에게, 저의 목소리로 말을 건네는 일은 제가 가장 좋아하는 일이기도 합니다. 그래서 솔직하게, 제가 최근에 겪은 일과 요새 늘 하고 있는 생각에 대해서 말해보려고 해요. '누군가를 놀라게 하는 충격 고백' 같은 것은 되지 않도록 주의하면서요.

저는 지난달, 작년 가을에 낸 책의 1/4분기 인세를 받았습니다. 인세를 받은 그날 밤에는 잠을 이루지 못했어요. 역병이 많은 프리랜서의 수입을 0으로 수렴하게 만들고 있는 시절에 예기치 않은 수입이 생긴 게 기뻐서가 아니라, 앞으로 어떻게 살아야 할지 더더욱 알 수 없어졌기 때문입니다. 출간한 지 반년이 겨우 지난 책의 3개월 치 수익으로 전세 대출금 한 달 이자의 반의반도 지불하지 못하는 작가가 속 편하게 발 뻗고 누워 잠을 자도 되는 것일까요? 하지만 그렇다고 반성하는 의미에서 발을 안 뻗고 잘 수는 없는 일 아니겠습니까? 그런 시답잖은 생각을 하며 '작가 윤이나의 일과 삶, 이대로 괜찮은가?' 헤드라인을 머릿속에 띄워놓고는 침대에 누워 저는 조금 울었습니다.

농담처럼 말하고 있지만 이건 지어낸 이야기가 아닙니다. 그렇게 누워 조금 울면서 어김없이, 태어나 가장 오랫동안 사랑해온 이야기를, 그 이야기가 몇 번씩 다시 쓰일 때마다 매번 달라지고 다른 의미가 되어 찾아오는 문장을 떠올려보았어요. 그 문장은 "칭찬을 받으려고 굶을 수는 없어요."이고, 이 문장이 나오는 이야기는 〈작은 아씨들〉입니다. 이 대사는 한국에서 올해 초 개봉한 그레타 거윅 감독이 연출한 영화에 등장해요.

성인이 된 마치 가의 둘째 딸 조 마치는 보스턴에서 가정교사를 하면서 글을 쓰며 지냅니다. 글은 언제나 써 왔지만, 이번에 쓰는 글은 좀 다른 내용과 형식의 것이에요. 루이자 메이 올컷의 원작에 따르면 "위험하고 해로운 소재"로 "좀 더 짧은 분량으로 자극적인 내용을 담아" 쓴 소설이었습니다. 원작에서는 같은 건물에 살고 있는 외국인 교수 프리드리히 베어가 읽기 전에 조가 소설들을 불태워버리는 것으로 나옵니다. 하지만 그레타 거윅은 조가 프리드리히에게 직접 소설을 보여주는 것으로 설정을 바꿔버리죠. 조는 프리드리히에게서 신랄한 비평을 받게 되는데 이 대사는 그 이후에 나옵니다. "이보세요, 교수 양반. 칭찬을 받으려고 굶을 수는 없어요."

그레타 거윅은 이 대사를 꼭 넣어야 했을 거예요. 왜냐하면 그레타 거윅은 〈작은 아씨들〉의 주제가 여성과 돈과 예술이라고 생각했거든요. 그런데도 200년 동안 이 작품이 많은 사람에게 읽히고 사랑받으며 몇 번이고 다시 쓰이는 동안 이 부분을 주목한 경우는 거의 없다는 것을 깨달았지요.

그레타 거윅은 자신의 각색이 〈작은 아씨들〉을 현대적으로 만든 것이 아니라, 각색을 하는 과정에서 원래 현대적이었던 작품을 자신이 사랑했다는 것을 알게 되었다고 했습니다. 가족, 사랑, 자매애에 대해 이야기하면서 "선물 없는 크리스마스가 무슨 크리스마스야." "가난은 정말 끔찍해!"라는 자매들의 목소리로 시작하는 소설. 넓은 의미에서 모두 예술가였던 네 자매가 어른이 되었을 때, 경제적인 조건은 이들이 미래를 위한 무언가를 선택할 때 기준점이 됩니다. 이 부분에 대해서는 영화 속 에이미가 명확하게 말하죠. "결혼이 경제적인 선택이 아니라 말하지 마. 나에겐 그러니까."

이 작품에서 자매들이 처해 있는 경제적인 어려움에 주목한 그레타 거윅의 인터뷰를 보면서 저는 조 마치를 작가여서가 아니라, 가난한 작가였기 때문에 사랑했다는 것을 알았습니다. 조는 이 책을 처음 손에 들었을 때 제가 가지고 있던 조건, 서울 변두리 위성도시의 가난한 동네에서 주소가 없는 가건물에 살면서도 온 세상을 '망아

지처럼' 뛰어다니던 열 살도 안 된 여자 어린이가 꿈꿀 수 있는 가장 멋진 사람이었습니다. 저는 조 마치에게서 가난은 끔찍하지만 부끄러운 것은 아니라는 것을 배웠고, 덤벙거리는 단점도 조 마치를 닮았다면 괜찮다고 포장하는 법도 배웠습니다. 그리고 글짓기 대회에 나가기 시작했지요. 글을 쓰지 않고서는 조 마치처럼 될 수 없으니까요. 하지만 사춘기를 보내며 현실을 깨달은 뒤, 어쩔 수 없이 가난할 것이고 가난은 끔찍하니까 작가만은 되지 않을 것이라고 말하게 되었죠.

그랬던 소녀가, 어쩌다 보니, 어쩔 수 없이 작가가 되었습니다. 그리고 울고 있네요. 칭찬도 받지 못하는데 굶기까지 한다면 도대체 어떻게 사는 게 맞을지를 생각하면서요. 이 모든 게 조 마치 때문이라고 말할 수는 없지 않겠어요?

루이자 메이 올컷이 『작은 아씨들』에 가난에 대해서, 글이 돈이 되는 과정에 관해서 썼던 것이나 그레타 거윅이 영화를 통해 힘주어 말하고 있는 내용처럼, 저는 14년 차

프리랜서 작가로서 여성의 경제적 독립이 얼마나 중요한 지에 대해 계속 이야기해왔습니다. 하지만 작가라는 직업을 가진 사람으로 글을 쓰면서 살아가는 일은 물론이고, 한국에서 비혼 여성으로 서울에 거주하면서 나라는 한 사람의 1인분을 책임지는 일에 필요한 것은 무엇보다 돈이라는 사실을 계속해서 말하면서도, 그것만이 전부는 아니라는 것도 이야기해야 한다는 생각 또한 하고 있어요. 그건 바로 여성이 "칭찬을 받으려고 굶을 수는 없어서" 쓴 글, 그리고 그 글로 번 돈과 선택에 대한 이야기이기도 합니다.

저는 "칭찬을 받으려고 굶을 수는 없어요."라는 문장 뒤에, 조가 무엇을 했는지를 기억하려고 해요. 조는 굶을 수 없다는 이유로 칭찬을 받을 수 없는 글을, 무엇보다 자기 자신이 칭찬할 수 없는 글을 계속 써나가지 않았습니다. 조는 그런 글을 쓰는 일을 그만두었어요. 그렇지만 조가 한때 그런 글을 써서 돈을 번 덕분에 할 수 있었던 일도 있었다는 게 저에게는 중요했습니다. 저는 조가 칭찬 대신 번 돈으로 죽어가는 동생 베스와 함께 바다에 갔다는 걸 생각해요. 조가 그 돈을 벌지 않았다면 베스를 데리고 바다에 갈 수 없었을 거예요.

일하고 돈을 벌고 사랑하고 관계를 맺고 살아가는 일은 단순하지 않습니다. 우리는 대체로 과정 속에 있고, 과정은 완성된 영화를 보는 일이나 묶여 나온 책을 읽는 일로는 온전히 알 수 없어요. 마치 글로 옮겨진 저의 일부를 보고 그걸 퍼즐처럼 짜 맞추는 일로 저라는 사람을 알 수 없는 것처럼요. 조는 그런 글을 쓰고 돈을 벌었을 뿐만 아니라, 그런 글을 썼기 때문에 베스와 바다에 갈 수 있었고, 그런 글을 썼기 때문에 정말 쓰고 싶은 글이 무엇인지 알게 되었습니다. 영화 속에서 조는 그 글을 이렇게 표현하죠. "가족이 투닥대고 웃고 하는 이야기", 〈작은 아씨들〉입니다.

그러니 칭찬도 돈도 의미도 모두 희미한 상태로 쓰고 지우고를 반복하는 지금도, 과정이겠지요. 결말이 『작은 아씨들』 같은 작품을 쓰는 일이 되는 건 바라지도 않아요. 하지만 적어도 사랑하는 사람들과 언제든 바다에 갈 수 있는 사람 정도는 되고 싶습니다. 그러면 이제 그만 일어나, 또 할 수 있는 일을 하려고 해요. 선택과 결정을 미루지 않고, 나 자신으로서 할 수 있는 일을. 이게 제가 썼던 글들이나, 지금 또 앞으로 쓸 글들이 칭찬을 받을 만한 무언가가 아닐 수도 있다는 것에 대한 변명이 될까요? 그건 잘 모르겠습니다.

하지만 적어도 저는 조에게서 이것만은 확실히 배웠다는 것을 이야기하고 싶어요. 복잡한 현실 속에 살면서도 보통 여자들은, 자신의 예술적 욕심이나 야심을 위해 누군가를 희생시키려 하지 않는다는 것을요. 외로움 속에서도 나 자신이 되는 선택을 하려고 하고, 나의 권리와 세계를 빼앗아가는 걸 용납하지 않으면서 쓰고 만들어나간다고요. 내가 누구인지 끊임없이 찾아가는, 나 자신이 되어 살기를 원하는 여자들은 그렇게 하죠. 저는 글로 쓰는 다짐은 대체로 촌스럽다고 생각하는 사람이지만, 여기는 써보도록 할게요. 조처럼, 저도 그렇게 할 겁니다.

그 밤, 저는 울다 말고 일어나 사전보다 두꺼운『작은 아씨들』완역본을 펼쳐 조가 굶지 않고 가족에게 돈을 보내기 위해 소설을 쓰는 내용이 등장하는 챕터를 다시 읽었습니다. 그 챕터의 마지막 문장입니다.

그래, 겨울이 다 갔어. 책은 한 권도 못 썼고 돈도 별로 못 모았지만 좋은 친구를 사귀어서 다행이야. 그를 평생 친구로 삼아야지.

겨울도, 이제 봄도 다 갔습니다. 그 사이 제대로 써낸 것은 거의 없고 돈은 전혀 못 모았지만, 이 편지를 쓰기 시작해서 다행입니다. 이제야 다음 챕터로 갈 수 있겠네요.

2020년 5월 13일

조금 긴 편지가 된 것을 미안해하며,

이나

작가라는 직업을 가진 사람으로 글을 쓰면서
살아가는 일은 물론이고, 한국에서 비혼
여성으로 서울에 거주하면서 나라는 한 사람의
1인분을 책임지는 일에 필요한 것은 무엇보다
돈이라는 사실을 계속해서 말하면서도,
그것만이 전부는 아니라는 것도 이야기해야
한다는 생각 또한 하고 있어요.

당장 필요하지 않은 것을
꿈꾸는 일

○ 영화 〈벌새〉, 2019년

주말 어떻게 보내셨어요? 저는 국가에서 받은 긴급재난지원금을 쓰러 가족과 함께 바깥으로 나갔습니다. 특별한 일을 하지는 않았어요. 평소에도 가던 슈퍼에 가서 똑같이 장을 봤을 뿐입니다.

대신 지원금을 받지 않았더라면 사지 않았을 것들을 망설임 없이 골랐어요. 냉동해뒀다가 전자레인지에 돌리기만 하면 먹을 수 있는 훈제연어를 시식했는데, 맛있더라고요. 제 손바닥의 3분의 1 정도밖에 되지 않는 작은 크기치고 저렴하지 않은 가격이었지만 그냥 샀습니다. 예쁜 병에 담긴 체리잼도 샀고요. 쇼핑을 마친 후에는 슈퍼에서 멀지 않은 중국음식점으로 가서 짬뽕과 깐풍기를 먹었습니다. 물론 지원금으로요. 밥을 다 먹고는 동네를 천천히 걸어 다니며 장미와 치자꽃을 실컷 구경했어요. 아이스크림도 사 먹었죠.

괜히 들떠서 밤에는 잘 마시지도 못하는 맥주를 한 캔 사서 집 근처 한강공원에 앉아 마셨습니다. 한강에 반사된 차들의 헤드라이트가, 건너편의 빌딩이 아름다워 보였어요. 재미있고 약간 민망한 일이었어요. 고작 몇십만

원이 더 생겼을 뿐인데, 삶이 갑절은 더 견딜 만하게 느껴진다는 것이요.

농담 반 진담 반으로 이나 님과 제가 그런 이야기를 나눈 적이 있어요. 우리 두 사람이 친해질 수 있었던 것은 무엇보다 가난한 집에서 태어난 딸들이기 때문이라고요. 늘 돈 생각을 떨칠 수 없는 집에서 나고 자란다는 게 어떤 의미인지, 지금도 무언가를 사려면 수십 번 재고 따져야 하는 게 얼마나 피곤한 일인지, 우리는 알고 있죠.

그래서 지난 편지를 받고, 저 또한 가난과 돈에 관해 새삼 또 한번 생각했습니다. 30년 넘게 살아오는 동안 돈 생각을 하지 않은 날이 단 하루도 없는 것 같아요. 아주 아주 큰 부자가 되고 싶다고 가끔 말하고는 하지만, 어느 정도의 재산이 있어야 부자로 분류될 수 있는지는 잘 모릅니다. 정말로 부자가 되고 싶은 건지도 잘 모르겠어요.

제가 평생 바라왔고 지금도 바라는 건 이런 것입니다. 돈을 쓸 때 너무 오랫동안 고민하지 않는 것. 사고 싶은 물건을 한참 들었다 놨다 하지 않는 것. 무인양품에서 사고 싶은 물건과 비슷한 게 없는지 다이소에서 찾아보지 않고 그냥 무인양품에서 사는 것. (이건 요즘 그럭저럭 잘하고 있네요.) 온라인 쇼핑을 할 때면 최저가 순으로 정렬하지 않는 것. 이런 사람이 되고 싶었어요.

그런데, 돌이켜보면 저는 가난한 집에서 자란 사람치고는 누리고 싶은 건 거의 다 누려왔던 것 같아요. 〈작은 아씨들〉의 네 자매처럼 선물 없는 크리스마스를 보낸 적은 없습니다. 넉넉하지는 않았지만 대학을 졸업할 때까지 부족하지는 않을 정도의 용돈도 받았어요. 그건 엄마 덕분이었죠. 하나밖에 없는 딸이 어디 가서 돈 때문에 쩔쩔매도록 하지는 않겠다는 엄마의 각오가, 저를 가난하지만 가난을 모르는 사람처럼 만들었겠지요.

이나 님, 이나 님은 엄마에 대해서 잘 알고 있나요? 언제 엄마가 낯설게 느껴졌나요? 언제 엄마를 '나의 엄마'로만 인식하지 않게 됐나요? 이 이야기를 시작하기 위해서는 〈벌새〉의 한 장면을 언급하지 않을 수 없겠네요. 은희는 길을 걷고 있는 엄마의 뒷모습을 발견합니다. "엄마! 엄마!" 은희가 아무리 불러도 엄마는 돌아보지 않아요. 자신만의 세계에 골똘하게 빠져 있는 것 같죠. 그때 은희의 엄마가 무엇을 생각했는지, 어디를 바라보고 있었는지는 은희도, 영화를 본 우리들도 영원히 알지 못할 거예요. 극장에서 이 장면을 보며 저의 엄마를 떠올렸어요. 엄마가 낯설게 느껴졌던 기억, 엄마를 엄마가 아닌 한 명의 인간으로 바라보기 시작했던 기억을요.

고등학생 때였던 것 같아요. 별일이 없었던 걸 보니, 아마도 방학이었나 봐요. 어느 날 밤, 엄마가 저에게 물었습니다. "내일 엄마랑 청도에 있는 운문사라는 절에 놀러갈래?" 엄마가 웬일이지? 의아해하며, 알겠다고 답했어요. 그때만 해도 엄마와 시간을 보내는 걸 제일 좋아하는 딸이었거든요. (돌이켜보면 엄마가 모든 비용을 다 부담했기 때문이 아닐까 싶네요.)

다음 날 아침 일찍 일어난 엄마와 저는 무궁화호 기차를 타고 청도로 떠났습니다. 기차역에 '소싸움의 고장' 같은 홍보 문구가 쓰여 있는 게 흥미롭다고 생각했어요. 기차역에서 버스로 갈아타고 그리 길지 않은 시간을 달려

운문사에 도착했습니다. 정말 정말 아름다운 절이었어요. 나무가 푸르고, 경내는 조용하고 청결했어요. 엄마와 저는 절을 구경하고 절 주변의 계곡을 걷다 맛있는 비빔밥을 사 먹었습니다. 늦은 저녁이 되어서야 집으로 돌아왔어요.

그제야 저는 엄마가 왜 그날 운문사로 떠나야 했는지 알게 됐습니다. 집에 들어서서 형광등을 켜자 텔레비전과 냉장고, 하여튼 어느 정도 값이 나가는 모든 물건에 시뻘건 스티커가 붙어 있었어요. '빌려간 돈을 갚지 않는다면 이 물건을 가져갈 수밖에 없다.'고 경고하는 가압류 스티커였죠. 저는 아무것도 보지 못한 척, 아무 말도 하지 않았습니다. 엄마도 그랬던 것 같아요.

집을 지키고 앉아서 수치를 견디기보다 좋아하는 곳을 찾아가기로 한 엄마의 선택을 지금도 종종 떠올리게 돼요. 딸인 저에게 가난 때문에 겪어야 하는 구체적인 수치를 경험하지 않게 하겠다는 마음도 있었겠지만, 다른 한편으로는 자신을 돈 생각에서 잠깐이나마 벗어나게 하고 싶다는 바람도 있었을 것입니다. 반나절만이라도 빚을 갚으라는 독촉에 시달리는 사람이 아니라 일부러 시간을 내어 좋은 풍경을 즐길 줄 아는 사람, 딸과 함께 아름다운 추억을 만들 줄 아는 사람, 마음 한구석에 언제든 찾아가고 싶은 장소를 담아둔 그런 사람이 되고 싶었던 것이겠죠. 그날의 청도행이 한 인간으로서 품위를 지키고 싶었던 엄마의 선택이었다는 걸, 저는 늘 생각합니다. 그 누구도 돈 때문에 자신의 존엄성을 훼손시키고 싶어 하지는 않는다는 것도요.

요 며칠간 저는, 사람들이 긴급재난지원금을 어디에 썼는지 SNS에 올리는 내용을 열심히 읽고 있어요. 누군가는 꽃 몇 다발을 사고, 또 누군가는 평소보다 조금 더 나은 식사를 하죠. 예전 같으면 '여기에 꼭 돈을 써야 할까?' 고민했을 것들을 짧은 기간이나마 큰 걱정 없이 사고 먹고 즐기는 사람들을 매일 보고 있어요. (물론, 이 돈을 꼭 필요한 것에 쓸 수밖에 없는 사람들도, 세대주가 아니기 때문에 이 돈을 손에 쥐어본 적이 없는 사람들도 존재한다는 것 또한 알고 있습니다.)

돈은 중요하고 가난은 분명 고통스러워요. 그러나 돈이 있든 없든 우리는 당장 필요하지 않은 것을 꿈꿀 줄 안다는 것이, 그것이 인간을 더 인간답게 만든다는 사실이, 저를 기쁘고 뭉클하게 합니다. 그리고 우리는, 서로의 그런 마음을 사치라고 비난하기보다 지켜주는 것이 인간으로서의 품위임을 알고 있죠.

2020년 5월 20일

어쩐지 〈벌새〉와는 관계없는 글이 조금 머쓱한,

효진

삶을 견딜 만한 것으로
만들어주는, 농담

○ 스탠드업 코미디 쇼 <래프 라우더>, 2018년

○ 넷플릭스 스탠드업 코미디 스페셜 <나의 이야기>, 2018년

잘 지내고 있나요? 비록 낮과 밤이 뒤집어진 제가 거의 가지 못하고 있지만 같은 작업실을 쓰고, 시시때때로 두 개의 메신저로 대화를 나누면서도 이런 질문을 하게 되네요. 아마도 제가 오랜 대화나 함께하는 시간을 통해 효진 씨의 일상이나 감정을 확인하지 못한 시간이 좀 길어졌기 때문인 것 같아요. 그래서 지난 편지를 읽고 안심이 되었습니다. 이 사람은 여전히 충실하게, 좋은 것들을 보고 듣고 읽고, 좋은 물건과 분위기에 둘러싸여 지내려고 하면서, 꼭 자기다운 일상을 보내고 있구나, 하고 말이에요.

잘 지내고 있나요? 이 질문을 받으면 언제나 '저는 잘 지내고 있습니다.'라고 대답해야 할 것 같은 기분이 듭니다. 물론 영화 〈러브레터〉의 대사에 너무도 익숙한 한 시절을 보냈던 탓이겠지요. 저는, 잘 지내보려고 애쓰고 있습니다. 아마 이 정도로는 대답할 수 있을 것 같아요.

선뜻 잘 지낸다고 답하기 어려울 때, 저는 스탠드업 코미디 쇼를 봅니다. 웃고 싶어서는 아니에요. 저는 아무 생각 없이 웃을 수 있는 장르가 아니기 때문에 스탠드업 코미디를 좋아하거든요. 제가 우울하다거나 무기력하다고 느낄 때면 저의 뇌가 이런 신호를 보내는 듯한 느낌이 들곤 합니다. "정신 차리세요. 이러다가는 재미없는 사람이 된다고요." 재미없는 사람이 되면 큰일이니까, 가장 되고 싶지 않은 사람이 있다면 그건 재미없는 사람이니까, 그럴 때면 마치 공부라도 하는 것처럼 스탠드업 코미디를 보는 겁니다. 생각하면서 웃고, 웃음에 대해 생각하면서 감을 찾는 거죠. 인생의 '스탠드업 코미디 구간'이라고 하면 적당할까요.

프로 코미디언이 아닌데 웃음에 대한 감을 찾는다니, 정말 이상한 일이라고 생각하겠지요. 하지만 저에게는 정말 중요한 일입니다. 실은 절박하기까지 한 문제예요. 웃을 수 없고 웃음을 만들어낼 수 없는 상황에 처하는 일이 저는 가장 무섭습니다. 내 안의 불안이나 공포, 고통이 내 웃음을 잠식해버리는 일이요. 웃을 수 있다면, 웃길 수 있다면 괜찮아. 그게 제가 저를 확인하고 다독이는 방법입니다. 그러니 성실하게 감을 유지하는 일이 중요할 수밖에 없습니다. 이건 저에게 일상을 유지하고 관계를 이어가며 나를 지킬 수 있다는 '느낌'을 유지하는 일이기도 하니까요. 그리고 이번에도 역시 몇 편의 쇼를 보면서 어김없이 저희가 스탠드업 코미디 쇼 〈래프 라우더〉를 준비하던 때를 떠올렸습니다.

제가 효진 씨에게 '여성이 웃기고 여성이 웃는다'라는 멋진 슬로건을 내건 스탠드업 코미디 쇼의, 그것도 무대에 서는 코미디언으로 섭외 메일을 받은 건 멜버른에서였어요. 2018년을 시작하며 맞이한 겨울, 저는 '한국이 추워서' 여름의 멜버른으로 떠났었고, 글은 거의 쓰지 않고 지냈습니다. 여행자 신분이 만료되는 3개월을 채워 한 계절을 보낸 뒤에 한국으로 돌아왔죠. 멜버른으로 향할 때 저는 여전히 디지털 노마드 작가로서의 글쓰기 실험이 가능하다고, 혹은 내가 가능하게 만들 수 있다고 믿고 있었습니다. 나를 내가 원하는 장소에 살게 하고 삶의 장소를 내킬 때마다 옮기면서도 계속해서 글을 써서 돈을 벌며 일하는 사람으로 존재할 수 있다고, 나는 그렇게 할 수 있는 사람이라고 생각했죠.

하지만 아니었습니다. 원래 세상이란 만만하지 않고, 제게는 특히 더 그러니까요. 하지만 적어도 확실하게 알게 되었기 때문에, 돌아올 수 있었습니다. 절망이라고 하기엔 이상할 정도로 산뜻한 기분으로요. 저에게는 할 일이 있었거든요. 〈래프 라우더〉라는 멋진 이름의 스탠드업 코미디 쇼 무대에 서는 것. 그때는 그게 계획된 미래의 전부였습니다.

그 시기를 생각하면 언제나, 작은 아이패드 화면 속에서 마이크를 쥐고 있던 여자들이 생각납니다. 한 달이 채 되지 않는 기간 동안 넷플릭스에 있는 여자 코미디언의 스탠드업 코미디 스페셜을 전부 다 보았고, 보지 않을 때는 내가 써야 할 쇼 대본에 대해서만 생각했어요. 친구들을 만날 때를 제외하면 거의 말을 하지 않았고, 별다른 일도 하지 않으면서 머릿속에서 이야기를 만들었죠. 그러다 어느 날 밤, 갑자기 벌떡 일어나 대본을 일필휘지로 써내려가기 시작했습니다. 일필휘지라니, 이런 식상한 사자성어를 끌어올 생각은 정말 전혀 없었지만 정말로 그랬습니다. 거의 수정하지 않고 쓴 단 한 편의 글. 아마 지난 몇 년 사이 가장 집중했던 시간일 거예요.

저는 지금까지 그 스탠드업 코미디의 대본을 쓴 일이, 작가로서 쓸 수 있는 글의 장르와 외연을 넓히기 위한 시도였던 것처럼 말해왔습니다. 하지만 그건 반쪽짜리 대답이에요. 제가 산뜻한 절망의 한복판에서 써내려간 대본을 철저하게 암기하면서 확인하고 싶었던 것은, 작가로서의 능력만은 아니었습니다. 당연히 퍼포머로서의 재능도 아니고요. 제가 갖고 싶었던 건 웃음을 통제하는 힘이었습니다. 본능과 순발력에 의존한 유머 감각(저는 이 부분은 타고났습니다. 인정은 필요 없어요. 사실이니까요.)을 넘어서, 웃음을 만들어낼 수 있는 기술을 가지고 싶었습니다. 더는 감으로만 살고 싶지 않았어요. 언제든 웃음을 만들어낼 수만 있다면, 삶에서 벌어지는 예기치 않은 사건이나 감정, 뜻대로 되지 않는 상황을 견딜 만하게 만들 수 있을 거라고 생각했습니다. 저는 삶은 비극이라고 보는 쪽이지만, 그걸 가볍게 만들 수는 있다고 믿거든요. 웃음으로, 농담으로.

물론 1회차, 겨우 30분의 공연으로 제가 그 기술을 제대로 연마했는지를 확인할 수는 없었습니다. 확인할 수 있었던 건 결국 또 이야기가 전부라는 사실뿐이었어요. 앞에서 제가 스탠드업 코미디 쇼를 좋아하는 이유가 아무 생각도 하지 않고 웃을 수 있는 장르가 아니기 때문이라고 말했던가요?

잘 구성된 이야기로서의 스탠드업 코미디는, 좋은 이야기가 하는 일을 그대로 합니다. 보고 듣는 사람들이 겪지 않았던 일까지 체험하게 하고, 무엇인가를 느끼게 하는 거죠. 어쩌면 불편함이나 슬픔, 고통이나 어려움까지도요. 웃음 뒤에 그 모든 것을 숨겨두는 거예요. 언제나 조금쯤 슬퍼야 하는 동화처럼, 한 가지 감정만으로는 이어질 수 없는 관계들처럼. 그렇게 무대에 서고 나서 머지않아 마치 일부러 제목도 그렇게 지은 것만 같은, 해나 개즈비의 스탠드업 코미디 〈나의 이야기〉를 보게 됐습니다.

〈나의 이야기〉에서 해나 개즈비는 제가 갖고 싶다고 한, 웃음을 만들어내는 힘을 역설적으로 사용합니다. 웃음을 줄 수 있지만, 주지 않는 거예요. 해나 개즈비는 자신이 프로 코미디언이며, 긴장감을 부여하고 그 긴장감을 자잘한 조크나 펀치 라인으로 해소해버리는 일에 전문가임을 몇 번이고 강조합니다. 그렇기 때문에 바로 그 웃음을 제공하는 일종의 공식을 따라가지 않기를 선택하는 것이죠. 웃음을 주는 데 실패한 것이 아니라, 그런 웃음을 끝내야 하기 때문입니다. 그런 웃음이란 강자와 권력자의 웃음이에요. 누군가를 웃기기 위해서 소수자성을 자조나 자학으로 포장하는 것, 웃음을 위해서 진실을 생략하는 것이기도 하고요.

〈나의 이야기〉를 보고 나서야 알게 됐습니다. 언제나 생각하는 데서 한 걸음 더 가야 한다는 것을요. 웃음을 만들어낼 수 있다면, 마이크를 쥐고 있다면, 책임이 있는 것이죠. 대충 웃음으로 얼버무리지 않을 책임 말입니다. 이야기를 시작했으면, 끝낼 책임. 어떻게 웃음이 만들어졌는지를 알고, 고민하고, 기준을 세울 책임.

여전히 저는 언제나 어디서나, 가능하다면 사는 동안 내내 재미있는 사람이고 싶어요. 하지만 이제는 재미를 위해 생략된 것을 말할 수 있는 용기가 있는 사람이 되어야 한다는 것을 압니다. 나를 낮추거나, 누군가를 함부로 재단하거나, 나보다 약한 사람을 공격하지 않는 사람. 나의 위치를 잊지 않는 사람. 재미를 위해 품위를 포기하지 않는 사람. 그건 재미가 아니고, 웃기지도 않다는 걸 언제나 생각하는 사람.

내게 품위를 부여하는 일은 비극 속에서도 코미디의 가능성을 생각하는 일이라고 믿는 제가 인간다운 인간이 되는 방법은, 이것이겠지요. 그렇게 저는 잘 지내려고 애쓰면서, 동시에 한 걸음 더 가보려고 노력하는 중입니다. 그러니 곧, 잘 지내게 될 거예요.

마지막으로, 이번에 또 한 번 인생의 '스탠드업 코미디 구간'을 지나면서 저는, 웃음과 관계의 긴장감을 쥔 것도 나고 그걸 터뜨리는 것도 나라는 것이 주는 쾌감에서, 웃음을 주는 사람이 나여야만 한다는 강박에서, 조금 벗어나보기로 했다는 근황을 전합니다. 감을 잃으면 안 된다는 조급한 마음에서도요. '이러다가 재미없는 사람이 되면 어떡하지?' 하는 생각이 들면 해나 개즈비를 보면 되죠. 품위를 지키며 웃길 줄 아는 여자들은 생각보다 훨씬 많으니까요. 그리고 안 웃긴 저라도, 보통 사람들 평균보다는 웃기니까 크게 상관은 없습니다. 갑자기 축구 격언을 인용해볼게요. "폼은 일시적이지만, 클래스는 영원하다." 저의 경우는, 클래스거든요.

2020년 5월 27일

해나 개즈비의 다음 코미디 쇼를 기다리며,

이나

우리는 이미 서로를 돕고 있으니까

‖‖ 도서 『붕대 감기』, 2020년

‖‖ 문예잡지 《창작과 비평》 2020년 여름호

나 잘 지내고 있나? 지난 편지를 받고 새삼 이 질문을 떠올리게 됐어요. 저는 요즘 잘 지내는지 아닌지 생각할 겨를이 없을 만큼 바쁜 매일을 보내고 있습니다. 물리적으로 시간이 부족하다기보다는, 지금 저의 상태에 관해 곰곰이 고민해볼 마음의 여유 같은 게 없는 것 같아요. 친구나 가족처럼 주변 사람들이 어떻게 살아가고 있는지 살펴볼 겨를이 없는 건 당연합니다.

하루 일과를 끝내고 침대에 누우면 문득 침울해져요. 오늘 하루 종일 뭘 했지? 마지막으로 책을 읽은 게 며칠 전이었더라? 영화는? 요 몇 주간, 너무너무 좋아서 수첩에 옮겨 써두고는 두고두고 다시 읽어보게 된 문장이 있었던가? 제가 지금 잘 지내지 못하는 상태라는 걸 스스로 알아차리는 신호는, 책이나 영화처럼 저 바깥의 세상을 보게 해주는 무언가를 전혀 접하지 않고 있는 상황이거든요. 하지만 저도 이나 님처럼, 잘 지내보려고 애쓰고 있습니다. 네, 애쓰고 있어요.

지난 월요일에는 이 편지, '수요일에 만나요'의 6월

구독자 신청 양식을 정리하다가 5월 구독자들의 이름을 보게 되었습니다. 막상 구독 신청을 받을 때는 이 많은 이름에 약간 무뎌지고 말아요. 아는 이름이 있는지, 어떤 사람들이 지난달에 이어 또 우리의 편지를 받고 싶어 하는지, 이런 것을 세세히 살피지 못합니다. 감상에 빠지기도 전에 머리가 '일'의 영역으로 들어가니까요. 좀 부끄럽지만 구독자가 몇 명인지, 구독료는 총 얼마가 모였는지, 그래서 원고 하나의 고료를 따지자면 얼마 정도가 되는지 계산하게 되거든요. 이나 님도 그렇겠지만 저 역시 아주 오랫동안 원고지 1매, 즉 한글 200자를 15,000원 정도로 자동 환산하는 삶을 살아왔고 또 살고 있으므로 글 하나에 딸려오는 돈을 계산하지 않기란 어려운 일입니다. 요즘 시대에도 원고지를 기준으로 고료를 계산하고 있다니 좀 우습긴 하네요.

아무튼, 우연히 보게 된 5월 구독자 리스트에는 익숙한 이름도, 전혀 모르는 이름도, 이제 막 외우게 된 이름도 있었어요. 천천히 스크롤을 내리다 어떤 이름을 보고 마음이 덜컹, 내려앉았습니다. 얼마 전 좋지 않은 소식을 듣게 된 분의 이름이었어요. 잠시 머리가 멍해졌습니다. 저와 친분이 깊은 분은 아니었어요. 딱 한 번 이야기 나눌 기회가 있었고, 그분의 책이 출간되었을 때 제가 인스타그램에 "와, 너무너무 축하드려요!" 같은 댓글을 달았던 게 전부였지요. 저의 이야기를 들어주고 있을 거라 상상조차 하지 못했던 분이 이 편지를 읽고 있었던 거예요. 슬프고, 기분이 이상했습니다.

시시때때로 떠올리게 되는 문장이 있습니다. 윤이형 소설 『붕대 감기』 속 '작가의 말'이에요. 이 소설은 페미니즘을 둘러싸고 다양한 입장을 보이는 여성들이 얼마나 다른지, 하지만 그 다름에도 불구하고 어떻게 서로 연대할 수 있는지 이야기합니다. '작가의 말'에서 윤이형 작가는 썼어요. "꿈에도 서로를 사랑할 것 같아 보이지는 않는 사람들 역시 은밀히 이어져 모르는 사이에 서로를 돕고 있음을, 돕지 않을 수 없음을 이제는 알기 때문에." 입장과 상황과 선택한 길이 다른 여성들은 서로를 미워하기 쉽지만, 그럼에도 우리는 서로를 돕고 있으며 어쩔 수 없이 연결될 수밖에 없다는 말이었습니다. 저는 저와 다른 누군가를 만날 때마다, 누군가가 미워지려 할 때마다 이 문장을 생각했어요. 우리는 원래 다 다르고, 다르다는 것이 서로를 미워할 이유일 수는 없으니까요.

저와 전혀 관계없다고 생각한 사람, 완전히 다른 일을 하는 사람, 다시 만날 기회가 없다고 생각한 사람이 조용히 이 편지를 읽으며 저에게 몰래 응원을 보내고 있었다는 사실에, 다시 한 번 저 문장을 떠올렸습니다. 솔직히 말하면 저는 누군가에게 신세 지는 것을 정말 싫어해요. 뭔가를 부탁하는 것도 싫습니다. 부득이하게 부탁하게 되거나 무언가를 받게 되면, 꼭 그만큼 돌려주려고 해요. 도움받은 일을 없던 셈 치고 싶어서요. 그런데 그런 삶이 가능할까요? 누구에게도 도움받지 않고 신세 지지 않으며, 누군가를 돕지도 않는 삶이?

글을 쓰거나 뭔가를 만드는 일을 꽤 오랫동안 해오면서, 제가 만든 것을 보고 듣고 읽는 사람들이 존재한다는 걸 당연하게 여기게 되는 순간이 종종 있었습니다. 왜 더 잘 알아주지 않냐고, 내가 만든 게 이렇게 훌륭한데 왜 더 많은 사람이 여기에 대해 이야기하지 않냐고 억울해할 때도 있었어요. 그러다 댓글 하나, 후기 하나에 마음이 풀리기도 했죠.

〈벌새〉에 관해 이야기한 지난 편지를 보내고 많은 답장을 받았어요. 편지로 인해서 즐겁게 지내고 있으니 저와 이나 님도 즐겁게 지냈으면 좋겠다는 이야기, 가난과 고통을 잊게 하는 사람들이 있어서 다행이라는 이야기를 들었습니다. 답장을 받을 때마다 정말로 편지에 답장이 돌아온다는 사실에, 누군가 제 이야기에 응답하고 반대로 저의 이야기에 힘을 받기도 한다는 사실에 놀라요. 그리고, 그 답장이 다시 또 저를 구하죠. 어떤 이야기로 편지를 시작해야 할지 몰라 마음이 불안할 때, 저는 메일함에 있는 편지들을 열어봤거든요. 더불어 이나 님의 지난 편지들도요.

구체적인 몇백 개의 이름들이 최근의 저를, 적어도 '잘 지내려 애쓰게끔' 만들었습니다. 물론, 말이나 글로 저와 연결되어 있지 않은 다른 여성들의 도움도 받았어요. 누군가가 쓴 책, 부른 노래, 털어놓은 이야기들로요.

오늘은 좋은 글을 읽고 싶어서《창작과 비평》여름호를 전자책으로 샀습니다. 여기 수록된 황정은 작가의 에세이를 꼭 읽고 싶었거든요. 황정은 작가는 문득 용기가 사라져서 소설도 일기도 쓸 수 없는 날에는 음악의 도움을 받는다고 말합니다. 다른 사람이 애써 만들어낸 것으로 자신의 삶을 구한다고요. 누군가는 그것이 어떻게 가능하겠냐고 물을 수도 있겠지만 그런 일은 일어난다고 말이지요.

4월의 편지에서 이나 님이 그렇게 말했죠? 언제든 "도와줄 수 있나요?"라고 물어보길 바란다고요. 도와줄 수 있냐고 묻는 대신 이 대답을 들려줄게요. 우리는 이미 서로를 돕고 있고, 구원하고 있다고요. 그러니 잘 지내지 못한다고 생각될 때면 스탠드업 코미디를 보는 것도 좋지만 조금 외롭다고, 힘들다고, 함께 걷거나 이야기를 나누자고 말해도 좋다고요. 저도 그럴 거니까요.

2020년 6월 3일

6월에는 잘 지내려 애쓰는 대신 정말 잘 지내겠다고
다짐하며,

효진

우리는 어떤 할머니가 될까요?

○ 영화 〈레이트 나이트〉, 2019년

덥습니다. 이런 인사로 시작하고 싶지는 않았지만, 정말 덥네요. 이 편지가 도착할 수요일 자정이 되면, 우리는 아마 올여름 첫 폭염경보가 발효된 날을 막 지나온 상태일 겁니다. 지난 5월은 초여름의 기운을 느끼기에는 서늘했던 날이 많았던 것 같은데, 6월이 되자마자 이토록 갑작스레 여름이라니. 바뀌는 계절을 온몸으로 만끽하고 변화무쌍한 날씨를 즐기며 살아가려고 해보지만, 올해는 모든 것이 갑작스럽고 또 새삼스럽습니다. 그렇더라도 늦은 건 아닐 테니 갑자기라도 계절을 즐겨보기로 했어요. 그래서 요새는 매일 밤 산책을 나갑니다.

어제는 망원 한강지구를 걷다가 유아차를 끌고 나온 할머니 한 분을 뵈었어요. 모르는 분인데도 괜히 반가웠습니다. 돌아가신 할머니 생각이 났거든요. 유아차 안에 아직 걸음마를 떼지 않은 아기가 앉아 있지 않다는 걸, 저는 보자마자 알았습니다. 아기가 아닌 사춘기 정도의 손주가 있을 법한 할머니들이 유아차를 앞으로 밀며 걸을 때는, 그 유아차 안에는 사람이 아니라 벽돌이, 아니면 뭔가 무게가 나가는 것이 들어 있을 확률이 높아요. 이때 유아차는 아기의 탈것이 아니라, 할머니의 지팡이 역할을 합니다. 다리 힘이 없을 때, 유아차의 무게에 기대어 힘을 주며 걸음을 옮기는 일. 오래전, 저 역시도 어디서 구했는지 모를 낡은 유아차에 벽돌을 담고서 세상을 밀어내며 걷는 할머니와 나란히 동네를 걸은 일이 있습니다.

그렇게 더위처럼 느닷없이, 저는 할머니 생각을 하게 됐어요. 우리 할머니에 대해서만 생각했다는 이야기는 아닙니다. 어제 저는 할머니라는 범주, 그러니까 노년의 여성에 대해서 생각했어요. 한국에서 할머니라는 단어는 노년의 여성과 손주가 있는 여성을 둘 다 지칭하는 말이잖아요. 그렇지만 할머니라는 단어에서 우리는 대체로 후자의 존재를 상상합니다.

실은 저도 그래요. 내가 사랑한 단 한 명의 우리 할머니는 세상에 없고, 나의 엄마가 지난 7년의 세월 동안 '함미'에서 '함모니'가 되고, 드디어 '할머니'가 된 지금도, 노년 여성에 대한 저의 상상력은 가족이라는 울타리 안이 아니라면 요양원이나 병원 언저리에만 머물러 있는 거죠. 그건 좀 이상한 일이라는 생각이 들었습니다. 내가 무사히 노년 여성이 된다 해도 손주가 있는 할머니는 아닐 텐데, 그렇다면 나는 어떤 할머니가 될까요?

자녀도 없고, 그러니 손주도 없는 할머니. 딸이나 손녀의 기억으로부터 불려오지 않는 할머니. 그러니까 무사히 살아남는다면 존재하고 있을 미래의 나의 이야기는 어디서 만날 수 있을지 궁금했습니다. 의외로 깜깜하더라고요. 별다른 이야기가 떠오르지 않았습니다. 그리고 깨닫게 됐죠. 노년 여성의 이야기가 적은 것은 둘째치고, 무사히 살아남았을 뿐 아니라 자기 이름을 드러내면서 사는 노년 여성의 이야기를 볼 때, 우린 그걸 할머니의 이야기로 인식하지 못한다는 사실을요.

〈레이트 나이트〉도 그런 영화입니다. 이 영화를 봤다면, 지금 하고 있는 이야기와 연결 짓는 게 이상하게 느껴질 거예요. 저 역시도 전설의 심야 토크쇼 진행자와 그를 존경해 코미디 업계에서 일하기를 원하는 젊은 여성 작가의 이야기를 보면서, 할머니에 대한 생각 같은 건 하지도 않았거든요. 오히려 민디 칼링이 연기한 작가 몰리라는 인물을 보면서 미국의 엔터테인먼트 산업 속에서 유색인종 여성만 할 수 있는 코미디가 있다면 그게 무엇일지 고민했고, 세대와 인종과 계급이 다른 여성들을 진정한 의미에서 마주 보게 하는 과정에 감탄했죠.

자신의 이름을 건 심야 토크쇼를 진행하는 캐서린 뉴베리는 우리가 생각하는 할머니가 아닙니다. 애초에 에마 톰슨이 연기하고 있는데, 누가 그를 노년의 여성으로 먼저 인지하겠어요? 하지만 캐서린이 노년인 것, 영화 속 표현으로 'too old'한 인물인 것은 이 이야기에서 매우 중요합니다. 몸담은 업계에서 대단한 성취를 거두었고 지금도 방송을 이어가고 있다는 것만으로 새로운 기록을 수립해가는 여정에 있는 이 여성은, 나이가 들면서 코미디의 감을 잃었고 그의 쇼는 트렌드를 쫓아가지 못해 대중과 멀어지고 있거든요. 캐서린은 계속 헤매면서 방법을 찾으려고 합니다.

캐서린의 입장에서 본다면 〈레이트 나이트〉는 자녀도, 당연히 손주도 없이 일과 함께 나이 들어 할머니가 된 여성이, 여전히 자신의 삶에서 중요한 바로 그 '일'을, 자신의 커리어와 그 가치를 지켜내려고 하는 이야기입니다. 다시 노력하면서, 실수를 바로잡고, 잘못을 사과하고, 나의 생각과 다른 목소리에 이제라도 귀를 기울이면서. 품위를 잃지 않으면서도 자기 안의 욕망을 직시하고, 원하는 일을 향해 더 나아갈 방법을 찾으려고 하면서요.

이상하지 않은가요? 자신의 이름을 걸고 일하는 여성, 노년이 되어서도 커리어를 지켜내려는 여성의 이야기를 할머니의 이야기로 인지하지 않았다는 것이요. 내 안의 할머니와 캐서린 뉴베리를 선으로 그어 이어본 뒤로, 그게 계속 마음에 걸렸습니다. 나 또한 무의식적으로 노년 여성의 이야기를 사회에서 '할머니'를 부르는 방식으로만 상상해온 것은 아닌가 하고요. 내가 노년의 여성이 되었을 때의 나를 상상하는 일을 두려워한다면, 그것은 내가 원하는 미래가 재현된 것을 본 일이 없을 뿐만 아니라 나 또한 다른 방식으로 살아가는 노년 여성의 삶을 상상하려 애쓰지 않았기 때문은 아닐까요?

그건 한국에서 노년 여성이 직업이나 직함, 성취와 자리가 아니라 대체로 가정 속의 할머니로만 호명된다는 것, 그렇게 자녀와 손주의 세대가 반추하는 방식으로만 존재하는 것과 관련이 있을 게 틀림없습니다. 그렇다면 젊은 세대가 '롤모델'을, 앞서간 여성들을 찾으면서 자신도 그렇게 될 수 있다는 확신을 얻는 것과 같은 이치로, 조금 먼 미래의 내가 어떻게 살 수 있을 것이라거나 어떻게 살고 싶은지에 관한 이야기를 더 많이 나누어야 우리의 상상력도 넓어지겠죠. 우리가 어떤 할머니가 될 수 있을지에 관해서 말입니다.

몇 가지 형용사로 수식되는 추상적인 노년의 여성이 되고 싶다는 말 대신에, 우리가 이름으로서 존재할 수 있다는 확신을 주는 이야기를 통해 더 구체적으로 말하고 싶어졌습니다. 나는 이런 할머니가 되고 싶다고. 지금의 제가 곁에 있는 여성들 덕분에 한국이라는 사회에서 내 자리가 있을 수 있다고 믿게 되었다면, 그다음에 대해서 생각해볼 차례가 되었다고요.

〈시스터후드〉를 진행하면서 "우리에게는 더 많은 여성의 이야기가 필요합니다."라는 말을 자주 하지만, 이 여성 속에는 정말 많은 여성, 세대가 다르고 사회적 위치도 처한 상황도 다른, 진짜 수많은 여성이 포함된다는 사실을 저는 자주 잊어버리곤 합니다. 저와 닮은 여성, 비슷한 세대나 환경의 여성, 내 가족, 내 친구들과 비슷한 삶의 모양 너머로 좀처럼 나아가지 못해요. 20대에서 30대로 넘어가면서, 가족의 모양이 바뀌거나 혹은 삶의 토대가 조금씩 달라지면서, 한국 사회가 제시하는 생애주기와는 크게 상관없는 삶을 꾸려가게 되면서 제가 넓혀왔다고 믿은 세계는 겨우 몇 평이나 될까 모르겠어요.

하지만 지금이라도 이런 이야기를 하기로 마음먹고 상상을 시작한 것이 다행이라는 생각도 듭니다. 저는 지금까지 늘 할머니가 되는 일 같은 건 두려워서 생각하지 않으려는 사람이었거든요. 이제는 경험으로, 공감으로, 이야기로 상상하려고 해요. 거기 더 많은 여성이, 여성의 이야기가 있겠죠. 유아차에 벽돌을 싣고서 그 무게로 세상을 뒤로 밀어내던 어제 마주친 할머니 역시 나의 할머니처럼, 그리고 나의 할머니와는 전혀 다르게, 지난 무수한 역사를 구체적으로 살아냈을 겁니다.

그래요. 거기서부터 시작해야겠네요.

2020년 6월 10일

효진 씨는 어떤 할머니가 되고 싶은지 궁금한,

이나

젊은 세대가 '롤모델'을, 앞서간 여성들을
찾으면서 자신도 그렇게 될 수 있다는
확신을 얻는 것과 같은 이치로, 조금 먼
미래의 내가 어떻게 살 수 있을 것이라거나
어떻게 살고 싶은지에 관한 이야기를
더 많이 나누어야 우리의 상상력도
넓어지겠죠. 우리가 어떤 할머니가 될 수
있을지에 관해서 말입니다.

엄마는 되지 않기로 했습니다

오랜만에, 새벽에 잠에서 깼습니다. 에어컨이나 선풍기를 틀지 않으면 자다가 더워서 눈이 떠지는 계절이 된 것이죠. 억지로라도 조금 더 자볼까 하고 누웠다가 도저히 잠을 잘 수 있을 것 같지 않아 휴대폰을 켜고 이나 님의 지난 편지를 천천히 읽었습니다. 잠들 수 없다면 답장이라도 써야겠다고 생각하며 거실로 나왔어요. 거실 창문을 열자 해가 아직 완전히 뜨지 않아 시원한 바람이 불어 들어왔습니다. 저는 여름의 새벽을 좋아해요. 무엇이든 할 수 있을 것 같은 공기로 가득 차 있거든요. 거실에 설치된 캣타워 위에는 아직 잠이 덜 깬 둘째 고양이, 보리가 고개를 옆으로 젖힌 채 늘어져 누워 있었습니다. 얼굴을 손으로 살살 만져주었어요. 보드랍고, 말랑하고, 따뜻했습니다. 이럴 때마다 나와 전혀 다른 생명체와 생활공간을 공유하고 있다는 사실을 실감해요.

결혼했지만 아이는 없고 고양이를 키우는 여성. 결혼과 출산을 기준으로 저를 정의한다면 이렇게 말할 수 있을 거예요. 조금 심술궂은 사람이라면 고양이나 키우고, 아니 고양이를 키우기 때문에 아이 낳을 생각을 하지 않는다고 저를 비난할지도 모르겠습니다. 저는 가족들로부터 아이는 언제 낳을 거냐, 생각은 하고 있냐는 말을 몇 번 들은 적이 있어요. 하지만 제가 할머니가 된다는 상상을 했을 때, 그 상상 안에 단 한 번도 들어 있지 않았던 것이 바로 자식의 존재입니다.

예전부터 지금까지 쭉, 언제나 저는 아이를 낳지 않을 거라고 주변에 말해왔어요. 열 달 동안 아이와 내 몸을 함께 쓰는 것도 싫고, 아이를 낳을 때 아픈 것도 싫고, 아이가 태어남과 동시에 그 아이에 대한 무거운 책임감을 가질 자신도 없다고 말입니다. 어차피 사람들도 입버릇처럼 하는 질문이니 저 역시 대강 둘러대는 답변이었죠. 그랬더니 엄마가 말하더군요. "내가 너로 인해서 얼마나 행복했는데, 아이가 없으면 그 행복을 모르잖아." 잠깐 찡해지기는 했지만, 그야말로 잠시뿐이었습니다. 내가 있어서 엄마가 행복했다면 그건 정말 다행이야. 그래도 엄마, 난 모르겠어, 하고요.

육아가 얼마나 힘든지 보여주는 〈툴리〉나 〈바바둑〉,

내가 낳은 인간을 내가 선택할 수 없다는 데서 오는 고통을 보여주는 〈케빈에 대하여〉 같은 영화를 너무 많이 본 탓일까요? 왜 여성들은 아이를 낳고 키우는 것에 관해 이토록 많이 고민하고 생각하고 이야기하는 걸까요? 저 역시 아이를 낳지 않기로 마음먹었으면서도 어째서 그런 다짐을 하게 되었는지 종종 고민합니다. 다들 아이를 낳는 게 제대로 된 삶인 것처럼 말하니까, 그 반감으로 나는 아이를 갖지 않겠다고 말하고 다니는 걸까? 아이로 인해 내 삶의 어떤 부분을 침해받는 게 내키지 않는 걸까?

'아이를 낳지 않기로 한 결정'보다 '아이를 낳는 일'에 관해 한참을 생각하게 되는 때도 있었습니다. 사노 요코의 『태어난 아이』라는 그림책을 읽을 때였어요. "태어나고 싶지 않아서 태어나지 않은 아이가 있었습니다."라는 문장으로 시작하는 이 책은 태어나지 않아서 구수한 빵 냄새를 맡아도, 다른 누군가를 만나도, 심지어 다쳐도 "태어나지 않았으니 아무 상관이 없었던" 아이가 태어나서 모든 일을 느끼고 겪고 살아가고 "태어나는 건 피곤한 일"이라고 말하며 잠드는 것으로 끝납니다.

책을 덮고 이상한 기분에 빠졌습니다. 저는 가끔, 삶은 고통이지만 그 모든 게 고통은 아니라고, 그럼에도 살아가는 것이 좋은 거라고 말하고는 했습니다. 세상에 태어남으로써 고통도 즐거움도 함께 느낄 수 있다면 그것이야말로 '살아 있음'이라고요.

『태어난 아이』를 읽고 저는 혼란스러워졌어요. 아이에게 모든 것이 상관 있어지는 세상을 주는 것, 그리고 저 자신에게도 겪어봐야만 알 수 있는 고통과 기쁨을 함께 주는 것이 맞는 건 아닐까, 그러니까 어쩌면 아이를 낳아야 하지 않을까? 하는 생각이 들었던 거예요. 벌어지지 않아 아직 추상적으로만 알고 있는 일을 미리 두려워하기보다 온몸으로 직접 겪어내는 게 훨씬 더 중요하다고 믿어왔으니까요. 그리고 이에 대한 고민은 얼마 전까지도 제 머릿속을 떠다니고 있었습니다.

최지은 작가의 책 『엄마는 되지 않기로 했습니다』를 얼른 읽고 싶었던 이유는 그 때문이었습니다. 여기에는 각자의 이유로 아이를 낳지 않기로 결정한 다양한 여성의 이야기가 실려 있어요. 그중 한 명이 최지은 작가이기도 하죠. 가까운 사람으로부터 "너한테도 아이가 있으면 좋을 텐데…"라는 이야기를 들은 일이 이 책의 시작이었으니까요.

책에서 여성들은 말합니다. 나 하나 챙기기도 어려운 내가 아이까지 감당할 수 있을 것 같지 않아서, 아이를 낳는 게 너무 아프고 힘들 것 같아서, 내가 하고 싶은 대로 일을 하며 살아갈 수 없을 것 같아서, 엄마는 되지 않기로 했다고요. 저는 이 모든 이유에 고개를 끄덕일 수 있었습니다. 다른 여성들도 저처럼, 또는 최지은 작가처럼 낳지 않기로 한 결정에 대해서 끊임없이 고민한다는 사실 역시 알게 됐어요.

아이가 있는 삶은 그렇지 않은 삶보다 힘들고, 또 그만큼 행복할 거라고 생각합니다. 원하는 만큼 일하며 할머니가 될 가능성은 조금 낮아질 수도 있겠죠. (《레이트 나이트》의 프로페셔널한 노년 여성, 캐서린 뉴베리에게 아이가 없다는 설정은 매우 중요하고, 또 필수적이었을 거예요.) 그러나 저는 아이와 함께하는 여성들의 삶을 경력 단절 같은 단어로 쉽게 요약하거나 비관적으로 이야기하고 싶진 않습니다. 저는 아이가 존재하는 삶에 대해 자세히 알지 못하니까요. 저에게 남들이 모르는 고통과 행복이 있듯, 그저 그들에게도 똑같을 거라고 생각할 뿐입니다.

다만 저에게는, 아이가 존재하는 삶에 딸려 오는 모든 것이 불확실한 미래의 일부이기도 해요. 보장되지 않은 행복과 내가 감당할 수 있을지 없을지 모르는 고통을 상상하며 아이를 낳기로 선택할 자신은 없어요. 심지어 제가 아이를 낳기로 하면, 그것은 저 혼자만의 일도 아니게 되죠. 저와 파트너와 아이, 최소한 세 명이 함께 감당해야 하는 문제가 되고 저는 그 정도로 제어할 수 없는 상황에는 놓이고 싶지 않아요.

아이가 없는 사람들을 겁주기 위해 하는 말이 무엇인 줄 아세요? "아이도 없이 그렇게 살면 늙어서 외롭다."예요. 아이가 없어도 젊을 때는 주변에 친구들이 늘 많을 테지만 늙어서는 그들도 (여러 가지 의미에서) 하나둘씩 떠날 테니 아이가 없다면 외로울 거라는 뜻이겠죠. 그런데 사람은 늙어서가 아니라, 그냥 누구나 언제든 외로울 수밖에 없는 것 같아요. 내가 낳은 아이가 나의 외로움을 알아주고 달래줄 수 있을까요? 왜 아이에게 그런 것을 기대하나요?

저는 제가 감당할 수 있을 만큼의 불확실성을 껴안으며, 살아가다 마주칠 수많은 아이들에게 조금 더 나은 세상을 만들어주는 사람이 되고 싶어요. 온갖 것을 겪으며 살아가고 있는 '태어난 아이들'이 태어나는 건 피곤하지만 태어나길 잘했다고 느낄 수 있도록 말입니다. 지금부터 할머니가 될 때까지, 변함없이 그렇게 하고 싶어요. 이 정도가 제가 할 수 있는 다짐입니다.

2020년 6월 17일
창문 바깥이 밝아오는 광경을 보며,
효진

결혼은 하지 않기로 했습니다

늦은 밤, 아니 이미 새벽입니다. 여러 일정을 함께 소화하며 바쁜 하루를 보낸 오늘, 잘 자고 있나요? 효진 씨의 편지를 다시 읽고 이 인사를 쓰다가, 문득 효진 씨와 함께 살고 있는 고양이 보통이와 보리의 안부도 묻고 싶어졌습니다. 저는 고양이의 습성과 생태에 대해 무지한 사람이지만, 고양이들은 틈만 나면 자고 그래서 부럽다는 이야기를 효진 씨에게 들은 일이 생각나요. 보통이와 보리도 잘 잠들어 있는지 모르겠습니다. 보통이는 요새도 금묘의 공간인 인간의 침실에 들어가려고 틈새를 노리곤 하는지, 저와 가끔 마주칠 때면 온 힘을 다해 두려워하지만 도망은 가지 않는 착한 보리도 이 밤이 편안한지.

오늘 우리는 최지은 작가님을 만나 『엄마는 되지 않기로 했습니다』에 대해서 긴 이야기를 나누었어요. 지난주 효진 씨의 편지를 받고 나서 답장은 '결혼은 하지 않기로 했습니다'라는 제목으로 써야겠다고 말했던 건 반쯤 농담이었는데, 대화를 나누면서 결혼을 '하지 않음'에 대한 이야기를 써야겠다는 생각이 확고해졌습니다. 어쩌면

이 편지 또한 아직도 이 사회가 모른 척하면서 꿋꿋하게 '미혼'의 위치로 욱여넣으려 하는 비혼 여성의 이야기로서 세상에 다른 목소리를 더할 수 있을 테니까요.

모른 척하는 마음에 대해서라면, 역시 늘 엄마 생각이 납니다. 효진 씨도 알다시피 저는 꽤 오래전부터 비혼에 관해서 이야기해온 사람이잖아요. 2019년 출간한 저의 두 번째 책 『우리가 서로에게 미래가 될 테니까』에는 비혼에 대한 이야기가 한 챕터를 차지하고 있기도 하고요. 그 글 속에는 엄마가 등장하지요. 서른이 한참 넘은 딸에게서 결혼하지 않겠다는 말을 듣는, 곧 일흔이 되는 한국의 여성입니다. 딸은 자꾸 결혼 이야기를 꺼내는 엄마에게 말합니다. "엄마, 잘 들어. 엄마 딸은 결혼을 안 해." 그러자 엄마는 마치 그 말을 듣지 못한 것처럼 행동하죠. 얼마 지나지 않아 이 이야기를 담은 책이 출간되었고요.

엄마는 제 첫 책의 엄청난 팬이었는데, 두 번째 책을 읽는 일은 유난히 힘들어하셨어요. 주제든 형식이든, 여러 이유가 있을 거라고 생각했습니다. 하지만 책을 내고 얼마 지나지 않아 그게 핵심이 아니라는 걸 알게 됐죠. 책

속에 묘사한 상황과 비슷하게 함께 산책을 하고 있을 때, 엄마가 큰 결심이라도 한 듯이 이렇게 말했거든요. "너, 아주 책에 결혼은 안 한다고 선언을 했더라?" 저는 웃음을 터뜨릴 수밖에 없었습니다. (그리고 등짝을 맞았죠.) 눈앞에서, 딸이 결혼하지 않을 것이라는 말을 분명한 언어로 직접 듣고도, 그 문장이 남들이 다 볼 수 있는 책에 선명하게 인쇄되었다는 사실을 납득할 수 없었던 거예요. 세상에! 웃음이 터지며 이상하게도 전 오히려 가벼운 기분이 되었어요. 세상에서 가장 사랑하는 사람이 간절히 원하는 일을 하지 않기로 한 사람이 되어서야, 제가 어른이라는 것을 선명하게 알게 되었거든요.

그런 저에게 지난겨울과 봄은 또 다른 질문들을 가져다주었습니다. 사회적 계약에 대한 거부감이 있는 비혼의 프리랜서 작가인 제가, 앞선 수식어에서 이미 느껴지는 모든 악조건을 딛고 상당한 액수의 전세 자금 대출을 받아 10평짜리 집에서 혼자 살게 된 다음부터였어요. 이사 후 얼마 지나지 않아 영화 〈결혼 이야기〉를 봤습니다.

좋은 영화지만 감독인 노아 바움백이 자신을 투영한 듯한 남자 주인공 찰리를 지나치게 사랑하고 있어서 여성 관객으로서는 괜히 좋아하기 머쓱해지는, 바로 그 영화 말입니다. 영화를 본 뒤로, 저는 꽤 오랫동안 찰리가 부르는 노래에 사로잡혀 지냈습니다. 뮤지컬 〈컴퍼니〉의 하이라이트 넘버이기도 한 〈Being Alive〉가, 바로 그 노래예요.

살아 있다는 것은 무엇일까요? 이 노래는 이렇게 말합니다. 깊은 상처를 주고, 단잠을 방해하고, 지나치게 나를 필요로 하고, 만족과 기쁨을 줬다가도 한순간에 지옥으로 나를 끌고 가는 사람이 곁에 있다는 것이 살아 있는 것이라고요. 그가 나를 사랑으로 채우고, 때로 돌보고, 삶의 어떤 고통을 이겨내게 할 테니까요. 복잡하고 알 수 없는 존재로서의 인간이 주는 고통, 불가해하고 예측할 수 없는 공간으로서의 이 세계가 주는 고통만큼이나, 혹은 그 이상으로 인간은 이따금 사랑스럽고, 세상은 마침내 신기하고 아름답기 때문에 우리는 살아가는 것이라고.

이 노래가 관계에 대한 저의 오랜 궁금증을 건드렸습

니다. 그리고 10평짜리 분리형 원룸이라는 작은 세계 안에 있을 때 나는 '혼자' 어떤 방식으로 살아 있는지를 묻게 했죠. 그건 제가 아주 오랫동안 가지고 있던 질문이기도 했습니다. 원가족을 제외한 타인과 가족이라고 느낄 정도로 친밀한 관계를 맺어본 일이 없고 필요 또한 느끼지 못하는 것이 내가 독립된 인간이기 때문일까요, 아니면 애인, 연인, 파트너 등으로 통칭하는 친밀한 관계에 필연적으로 동반될 수밖에 없는 어려움, 고통, 불편, 갈등을 겁내는 마음 때문일까요?

이 질문은 봄이 되어 예기치 않은 팬데믹이 세계를 덮쳐왔을 때 또 다른 꼬리를 물고 이어졌습니다. 내가 혼자서 즐겁게 지내는 방법을 알고 외로움을 두려워하지 않는 사람인 것과는 상관없이, 내가 원하지 않는 방식의 고립을 이어나가는 일은 생각보다 훨씬 어려운 일이었어요. 제가 효진 씨와는 반대로, 저 자신을 스스로 모험을 겁내지 않으며 언젠가를 위해 현재의 불안이나 임시적이라고 여겨지는 상태까지도 감당할 수 있는 사람이라고 믿어왔기 때문에, 예상해본 적 없는 정서적인 어려움이 더 당황스러웠던 것 같기도 해요.

어쩌면 나 또한 자신을 잘못 판단해왔던 건 아닐까? 나는 나만의 공간에서, 나 홀로 살아가기를 정말로 원하는 사람인가? 쉽지 않은 삶을 살아가는 동지로서의 파트너와 새로운 관계가 내 삶에 다가올 가능성을 너무 일찍 닫아둔 채로 살아온 것은 아닐까? 주거의 형태가 '자기만의 방'에 가까워지자마자, '자기만'의 정의에 대해 다른 질문을 던지게 된 거죠. 나의 세계가 온전히 나만의 것일 수 없다는 것은 알지만, 이 세계에 내가 원하지 않는 변수를 등장시키지 않으려는 저의 마음은 이기심일까요, 두려움일까요? 나의 세계에 깊은 영향을 미칠 타인이 들어오면 이 세계는 어떻게 커질까요? 커지는 것이, 사실일까요?

저는 지금도 이 질문들에 대한 답을 찾지 못했어요. 대신 효진 씨가 감당할 수 있는 만큼의 불확실성을 껴안기로 다짐했듯이, 저도 답을 찾기 위해서 서두르지 않고 질문을 있는 그대로 껴안기로 했습니다. 내가 잠들고 싶은 시간에 잠들고 일어나고 싶은 시간에 일어나는 세계, 잠든 시간 동안 누구도 잠자리를 방해하지 않는 나의 세계에서 그저 이 질문을, 안고 있으려 해요. 개인으로서, 또 여성으로서 관계에 관해 갖고 있는 고민을 틈틈이 들여다보면서요. 관계의 모양과 깊이, 나의 욕망과 기대, 성지향과 섹슈얼리티, 정서적 풍요와 육체의 쾌락, 나와 타인, 그렇게 다시 한번 내가 누구인지, 무엇을 원하는지에 대해 알아가는 시간이 될 수 있겠죠.

하지만 저는 제가 끌어안기로 한 질문과 결혼을 섞지는 않을 거예요. 대신 결혼을 '하지 않음'에 다다르기까지, 수많은 개인의 복잡한 고민이 있다는 것을 더 자주 이야기하려고 합니다. 비혼이라는 선택 또한 당연히 사회의 맥락과 닿아 있다는 것도요. 비혼에 대해서 말할 때 저에게는 "이건 그냥 나의 선택이야."라고 말하고 싶은 마음과, "한국 사회에서 결혼은 개인의 의사와 상관없이 가부장제의 현상 유지에 기여하기 때문에 하지 않을 거야."라고 말하고 싶은 마음이 항상 공존합니다. 후자의 이야기는 아마도 이 편지의 분량과 목적에 부합하지 않는 것이겠지만요.

그리고 제가 이런 말을 하는 것이 결혼이라는 제도가 아니라 결혼 생활을 하고 있는 사람들에 대한 공격처럼 들릴까 봐, 실은 지금도 조심스럽습니다. 하지만 전 결혼이 사회적 계약으로서, 제도로서, 사회를 지금의 상태로 유지하는 데 기여하고 있다는 걸 인정하지 않고서 비혼에 관해 말하는 것은 반쪽의 이야기일 뿐이라는 생각을 요새 더 자주 하고 있어요. 결혼을 하지 않은 것이 개인의 의지라 해도, '하지 않음'이 모였을 때 사회적인 의미를 갖게 되는 것은 분명하니까요. 결혼이 아무것도 아닌 그냥 선택이 되기를 바라며 비혼을 택한 것은 아니에요. 그렇지만 이 사회의 구성원인 시민 한 명이 결혼을 하지 않고 그런 개인이 늘어난다면, 결혼을 하고 싶으면 할 수 있지만 하지 않는 게 아무 일도 아닌 미래는 조금 더 빨리 오겠죠. 우리는 그렇게 앞으로 가고요.

그러니 저는 이왕이면 더 자주, 복잡한 개인으로서의 내가 결혼을 원하지 않는다고, 엄마 표현대로라면 결혼

을 하지 않을 거라고 "아주 선언을" 해버리려고 해요. 인
간 사이의 친밀한 관계에 대해서, 가족의 의미와 형태에
대해서, 나라는 개인의 욕망과 필요에 대해서 고민하고
때로 흔들리고 또다시 질문하면서도, 그것만은 정확하게
요. 결혼은 하지 않기로 했습니다. 저는 이 결정이 무척
마음에 들어요.

2020년 6월 24일

결국 새가 우는 시간이 되어서야, 비로소

이나

이 나라는 아이들을 키우는 데
실패했어

▥ 도서 『하틀랜드』, 2020년

"이제는 많이 안정됐더라? 윤이나는 목소리가 아주 통통 튀고, 너는 좀 든든하달까, 그런 느낌으로 진행하는 것 같아."

지난주 최지은 작가와 함께 녹음한 〈시스터후드〉『엄마는 되지 않기로 했습니다』편을 들은 엄마의 첫 반응이었습니다. 부산에 있는 엄마는 서울에 있는 딸과 가까이 있는 듯한 느낌을 받고 싶어 〈시스터후드〉를 꼬박꼬박 챙겨 들어요. 종종 댓글을 남기기도 합니다. 평소 같으면 그냥 흘려들었을 감상평인데, 이번에는 내심 긴장할 수밖에 없었습니다. 그 방송을 들었다면 아이를 낳지 않기로 선택했다는 내 이야기도 들었을 텐데, 왜 거기에 대해서는 아무 말이 없지? 끝까지 안 들은 건가? 아니면 또 모른 척, 못 들은 척하는 걸까? 언제까지 그럴 생각이지? 아니면, 아이를 낳지 않겠다는 나의 선언을 완전히 인정한 걸까?

당연히 그럴 리가 없었지요. 참다못한 저는 "들어본 소감이 어때?"라고 물었습니다. 엄마는 말했어요. "내가 안 그래도 네가 뭐라고 하는지 몰라서 집중해서 들었지.

그런데 여지를 좀 남기던데? 언젠가는 낳을 것처럼 얘기하길래 안심했다." 이나 님이 비혼 선언에 대한 어머님의 반응을 보고 웃음을 터뜨릴 수밖에 없었던 것처럼, 저도 크게 웃을 수밖에 없었어요. 그리고 물었습니다. "나는 여지를 남긴 적이 없는데? 엄마가 믿고 싶은 대로 들은 게 아니고?" 엄마는 잠시 침묵한 뒤, 전략을 변경하기로 한 것처럼 저에게 화를 내는 대신 "하나만 낳으면 딱 좋을 텐데." "네가 낳은 아기는 정말 귀엽고 예쁠 텐데." "아기들을 보면 귀엽다는 생각이 들지 않니?"라고, 저를 열심히 회유했습니다. "엄마, 태어나지도 않은 아기를 어떻게 귀여워하고 예뻐할 수가 있겠어" 아이에 관한 그날의 대화는 그렇게 마무리되었습니다.

하지 않기로 하는 선택. 결혼하지 않기로 선택하고, 출산하지 않기로 선택한 삶. 〈시스터후드〉 대본에 이러한 문장을 써두고, 녹음을 하고, '하지 않는 선택'에 관해 계속 떠올리게 되는 나날이었습니다. 마침 세라 스마시가 쓴 『하틀랜드』라는 논픽션을 읽게 되었죠. '마침'이라기보다는 『엄마는 되지 않기로 했습니다』와 꼭 함께 읽어야겠다고 생각하고 찾아 읽은 것이지만요.

『하틀랜드』는 요약하자면, 미국의 시골 출신, 백인 빈곤층에서 자란 저자 세라 스마시가 증조할머니와 할머니, 엄마까지 자신의 가족인 여성들의 삶을 통해 빈곤한 여성이 어째서 자꾸 아이를 갖게 되는지, 출산과 육아가 빈곤한 여성들의 삶을 얼마나 더 황폐하게 만드는지 이야기하는 책입니다. 이 책을 정말 읽고 싶었던 이유는, 대를 이어 거듭되어온 여성의 빈곤을 끊기 위해 아이를 낳지 않기로 선택한 여성의 이야기라는 사실을 알게 되었기 때문입니다.

세라 스마시의 여성 가족들은 가난했기에 성폭력은 물론 다른 종류의 폭력에도 수시로 노출되며 살았습니다. 빈곤하고, 제대로 교육받지 못했으며, 마땅한 일자리도 없었거든요. 여성에게 독립적인 생활이 가능할 만큼 임금을 쳐주는 곳도 없었죠. 그래서 그들은 스스로를 보호하는 법을 배우지 못했고, 결혼을 하지 않고 또는 아이를 낳지 않고 홀로 살아가는 방법을 알지 못했습니다. 폭력적이거나 외도를 하는 남성이라도 기대지 않으면 생활할 수조차 없었기에 아이를 갖고, 낳고, 결혼하고, 이혼하는 과정을 대를 이어 반복해요. 이런 여성들을 보며 자란 세라 스마시는 어땠을까요? 아주 어릴 때부터 일하는 것을 당연하게 여겼고, '만약 내 딸이 태어난다면 어떻게 살아가게 될까?'를 종종 상상했습니다. 그래서 『하틀랜드』는 그가 딸 오거스트에게 보내는 편지로 쓰여 있어요.

세라 스마시는 곧 깨닫게 되었습니다. 빈곤한 여성들이 10대 때 아이를 갖게 되는 것이 그들의 삶을 앞으로 나아가지 못하게 만드는 가장 결정적인 사건이라는 사실을요. 그는 절대로 취할 때까지 술을 마시지 않고, 남성들과 잘 어울리지도 않으며, 자신의 미래를 확보하기 위해 노력합니다. 인정받는 교수가 되고 생활도 안정된 어느 날, 자신의 방에 가만히 누워 있던 세라 스마시는 한 번도 존재한 적 없고 아마 앞으로도 존재하지 않을 딸 오거스트를 마음속에서 완전히 떠나 보냅니다.

아이를 낳든 그러지 않든, 혹은 어떤 또 다른 선택을 하든 그 중심에는 여성 본인이 있어야 한다는 것, '선택'

이라는 단어는 그럴 경우에야 사용할 수 있다는 것, 선택을 할 수 있는 여성들도 있지만 선택의 가능성이 원천적으로 차단된 여성들, 선택지가 존재한다는 걸 알지 못하는 여성들도 있다는 것을 생각했습니다. '하지 않는 선택'에 대해 이야기할 때 무엇이 나의 선택을 가능하게 했는지, 그렇다면 '하지 않는 선택' 같은 것을 할 수 없는 여성들을 가로막고 있는 것은 무엇인지에 대해서도 고민하고 말해야 한다는 사실을 생각했어요.

만약 오거스트가 태어났더라면 어떤 사회와 맞닥뜨렸을지 상상하던 세라 스마시는 이렇게 선언합니다.

"오거스트, 이 나라는 아이들을 키우는 데 실패했어."

저는 이 문장을 수첩에 천천히 옮겨 썼습니다. 아이들을 키우는 데 실패한 나라가 미국뿐일까요. 여성 아동을 대상으로 성범죄를 저지른 남성들이 버젓이 고개를 들고 살아가고, '노키즈 존'을 찬성한다거나 차별금지법에 반대한다고 말하는 사람들이 있고, 온갖 항목으로 촘촘히

계급을 나누어 사람들을 평가하는 것이 보편적인 정서가 된 한국이라는 이 나라는 어떨까요?

동시에 저는 아이를 낳지 않기로 했다는 여성들의 기사 아래 달린 댓글들을 떠올렸어요. 아이를 낳지 않을 거라면 군대에 가라, 결혼을 했는데도 아이를 낳지 않는 여성들은 사회 구성원으로서 자격 미달이다, 미래에 다른 사람들이 낳은 자식들의 세금으로 당신들을 부양하게 되는 거다…. 여성을 기혼과 미혼, 유자녀와 무자녀로 간편하게 나누고 여성의 역할을 결국 엄마로밖에 한정 짓지 못하는 사람들의 목소리 말입니다. 이들은 여성들의 삶도 다면적이라는 사실을 모르거나, 영원히 모르는 척하고 싶은 것이겠죠. 이런 사람들이 많은 나라는 당연하게도 아이들을 키우는 데 실패할 수밖에 없을 테고요.

엄마가 되기로 한 여성과 엄마는 되지 않기로 한 여성, 결혼은 하지 않기로 한 여성, 결혼은 하지 않기로 했지만 엄마는 되기로 한 여성, 결혼은 하지 않았지만 엄마가 될 수밖에 없었던 여성, 결혼도 출산도 원하지 않는 여성. 오로지 개인의 선택으로 이루어진 것처럼 보이는 여성들의 각자 다른 모양의 인생에는 수많은 문제가 개입돼 있고, 당사자가 아니라면 볼 수 없고 알 수 없는 세계도 있습니다. 저는 직접 경험했거나 보는 것만이 전부가 아니라는 걸 항상 기억하고, 나의 테두리 바깥에 있는 사람들의 이야기를 어떤 방식으로든 계속 궁금해하고 들어보고 싶어요. 태어나지도 않은 나의 아이를 상상하며 귀여워하거나 예뻐하는 일보다 그게 더 필요한 일일 거라고 믿으니까요.

이 나라는 아이들을 키우는 데 실패했지만 적어도 우리의 삶은 실패하지 않을 수 있을 거예요. 그렇죠?

2020년 7월 1일

다음에는 좀 더 즐거운 이야기를 쓰고 싶다고 생각하며,

효진

고통을 나눠준 그들은
여전히 내 곁에

ⅠⅠⅠⅠ 도서 『김지은입니다』, 2020년

한 글자를 적기도 어려운 밤입니다. 저는 오늘 휴대폰을 보는 일을 종일 피했어요. 대신 맛있는 커피를 마시고, 산책을 하고, 아주 오랫동안 샤워를 했습니다. 그리고 자정을 넘긴 시간이 되어서야 책상 앞에 앉았어요. 편지를 써야 했으니까요. 7월의 첫날 도착한 지난 편지에 대한 답장이자, 우리가 약속한 남은 8주의 첫 편지, 지금 이것입니다.

하루로는 분노와 좌절이 가라앉지 않은 트위터 타임라인을 쏘아보다가, 편지를 쓸 창을 열어두고 단어 몇 개를 썼다 지웠습니다. 그리고 한참을 망설이다가, 책을 한 권 꺼냈어요. 오늘 눈 뜨자마자 저를 절망으로 밀어 넣은 두 이름 중 하나가 부제에 담긴 책이에요. '안희정 성폭력 고발 554일간의 기록'이라는 부제가 달린 책, 『김지은입니다』를 책상 위에 올려놓고, 편지를 씁니다. 어렵지만, 할 말이 있어서요.

효진 씨의 지난 편지가 메일함에 도착한 지난 7월 1일 수요일 0시, 저는 그때도 이 책을 마주하고 있었습니다.

『김지은입니다』를 편집한 이두루 편집자님을 만났던 날의 일을 떠올리던 중이었거든요. 저라는 한 사람에게뿐만 아니라 전 세계인에게 여러모로 특별하고도 이상한 한 해로 기억될 2020년의 절반을 보내면서, 이상하게도 기억에 남는 장면은 전염병이 만든 풍경이 아닌 이두루 편집자님의 손이었습니다. 이두루 편집자님이 〈시스터후드〉에 출연해 책 속의 한 구절을 읽고 다시 제게 책을 건넸을 때, 책의 귀퉁이가 땀으로 젖어 있었어요. 그 땀을 잠시 바라보면서 '손에 땀을 쥐게 하는'이라는 관용어구를 만날 때면, 그 순간이 계속 떠오르리라는 것을 알게 되었습니다. 손에 땀이 나게 만드는 수백만 가지 이유 중에는, "진실과 정의"라는 김지은 씨의 말을 듣고 이 책을 당연히 만들어야 한다고 생각했다는 한국의 젊은 여성 편집자의 마음도 하나 있다는 것을요.

그 장면 이후에 대해서 말해볼까 해요. 이두루 편집자님과 함께한 〈시스터후드〉의 『김지은입니다』편이 공개되고 꽤 시간이 흐른 후, 오랜 친구가 제게 전화를 걸어왔습니다. 친구는 출퇴근 시간에 가끔 〈시스터후드〉를 들으면서 저에게 피드백을 해주곤 했어요. 대체로 차에서 듣기에 음량이 크거나 작다는 식의 이야기였죠. 그때도 당연히 그런 이야기를 할 거라고 생각했습니다. 하지만 아니었어요. 친구는 『김지은입니다』를 다룬 편이 지금까지 들었던 어떤 다른 회차보다 좋았다고 말했습니다.

"책의 존재만 알고 있었거든. 그런데 읽고 싶지는 않았어. 내가 불편할 것 같아서. 그런데 〈시스터후드〉를 다 듣고 나니까 읽어야겠다는 생각이 들었어. 정말 그래야겠다는 생각이 들었어."

그리고 다시, 오늘입니다. 이 책에 대한 이야기를 써야겠다고 생각했어요. 정말 그래야겠다는 생각이 들었습니다. 오늘, 세계 최대의 아동 성착취물 사이트를 만든 한국의 24세 남성 손정우의 미국 송환이 거절되었고, 1년 6개월 형을 받았던 그는 재판 과정에서 형량을 모두 채워 석방되었습니다. 김지은 씨의 성폭력 고발로 대법원에서 3년 6개월의 형량을 받고 복역 중이던 한국의 55세 남성 안희정은 지난 4일 모친상을 당한 뒤 형집

행정지로 일시 석방되었는데, 현직 대통령을 포함해 여권 정치인들이 보낸 조화와 조기가 가득한 빈소의 모습과 여권 인사들이 줄지어 조문하는 현장이 오늘, 보도되었습니다.

그랬던 오늘, 저는 오랜만에 또다시, 진심으로 이 나라를 탈출하고 싶었어요. 딸로 태어나는 게 오래도록 죽을 죄였던 나라, 여성으로 살아가는 게 매일매일 모욕인 나라, 오직 아들만을 위한 나라에서는 충분히 살았다고 생각했습니다. 지긋지긋했어요.

이 나라에서 여성이 인간이었던 적이 한 번도 없다고 말한다면, 그건 과장일까요? 저는 과장이 아니라고 생각해요. 한국에서 여성은 인간이기 전에 아들이 되지 못한 미완의 딸로, 부계로만 이어지는 대(代)를 잇지 못하는 존재로 태어나지요. 우리에게는 혈통이 없고, 따라서 계보도 없고, 우리에게서는 법적으로 세대가 이어지지 못해요. 아들에게만 미래로 갈 권리가 주어지는 사회에서, 오직 아들만을 보호하는 법 아래에서 남성들은 서로의 존재를 지켜주고 남성만을 인간으로 대우하며 한국의 견

고한 가부장제를 유지합니다.

이런 구조 아래서 성범죄는 얼마나 사소한 범죄인가요. 국제적 성범죄자를 낳은 가부장 단 한 사람의 탄원 앞에 수십만 여성의 외침이 음소거될 때, 자신의 이름을 밝히며 위력에 의한 성폭력을 고백한 여성 김지은 씨의 용기를 정치권력이 모른 척할 때, 한국 사회에 살고 있는 여성 개인이 좌절하게 되고 또 무력해지는 것은 당연해 보입니다.

지난 몇 년, 몇 번이고 반복되어온 충격과 좌절 속에서도 끝내 서로에게서 희망을 보며 우리가 먼저 앞으로 가고 있다고 믿었는데, 오늘 같은 날은 계속 뒷걸음질을 친 것 같은 느낌이 들어요. 아득히 오래전부터 "여자도 사람이다."라는 구호만을 외치고 있었던 것 같은, 그런데도 여전히 사람으로 인정조차 받지 못하고 있는 느낌.

그래서 『김지은입니다』를 다시 펼쳐볼 수밖에 없었어요. 꼭 다시 읽고 싶은 구절이 있었거든요. "더 이상 거짓 선동에 밑줄 긋지 않기를."이라는 책 뒤표지의 문장에 응답하며, 저는 여기에 밑줄을 그었습니다.

모두가 그전에 겪어보지 못한 압박을 받으며 극심한 스트레스에 시달렸다. 지쳐갔지만, 진실을 붙잡고 서로 연대했다. 함께였기에 버틸 수 있었다. 고통을 나눠준 그들은 여전히 내 곁에 있다. 가장 감사하고, 놀라운 일이다.

일부 전문가들은 피해자 옆에 또래 친구들이 있다는 게 굉장히 특이한 현상이라고 했다. 일반적으로 보아온 피해자는 항상 혼자였다고 했다.

한국에서 여성으로 살아가는 일은 앞으로도 계속 고통스러울 거예요. 오늘처럼요. 도저히 그렇지 않을 거라고 믿을 수 없어요. 하지만 저는 이 부분을 읽으면서, '고통을 나눠준 그들이 여전히 내 곁에 있다'는 걸 다시 생각했습니다. 이들의 존재가 제가 더 이상 한국 안과 밖으로 세상을 구분 짓지 않게 된 이유였다는 것을요. '한국이 싫어서'라는 문장에 본능처럼 반응하고, 한국 사회 밖에서의 생존 가능성을 끊임없이 타진하던 한 시절을 과거로 흘려보내며 제가 확인한 것은, 한국 사회의 가능성이 아니라 한국 여성의 가능성이었습니다. 한국에서 여성으로 살아가는 일의 고통이 시시때때로 찾아올 때마다, 밥은 잘 먹는지 잠은 잘 자는지 안부를 확인해주는 친구들 덕에 '아직 여기에서, 조금만 더'라는 문장을 주문처럼 욀 수 있었다고요.

우리 사회는 이렇게 소멸할 수도 있겠죠. 오늘 같은 날이 반복된다면 소멸을 향해 가는 속도는 더욱 빨라질 거고요. 여성들은 예정된 실패를 선택하지 않을 테니까요. 그게 효진 씨가 지난 편지에서 이야기한 "이 나라는 아이들을 키우는 데 실패했지만 우리의 삶은 실패하지 않을" 수 있는 방법 중 하나일 거라고, 저는 생각해요. 그리고 아이를 낳지 않기로 한 젊은 여성들의 '하지 않는 선택'으로 이 사회가 소멸한다면, 여성을 인간으로 대하지 않은 결과로 받아 마땅한 대접이라고도 생각합니다. 그렇게 맞이하게 될 한국 사회의 소멸은 여성의 실패가 아니라 여성의 선택이 될 거고요. 그렇다면 저는, 소멸은 두렵지 않습니다.

하지만 우리가 살아 있고 또 살아가서 내일을 맞이해야만 한다는 사실을 이야기하지 않고서는 그게 어디라도, 다음으로는 갈 수 없을 거예요. 내일이 어떤 모양이든 오늘로 맞이하기 위해서는 살아 있어야 하고, 살아남아야 하고, 살아가야 한다는 것을 기억하려고 합니다. 누구의 엄마도 되지 않기로 했지만 이미 누군가의 딸인 우리도, 이미 태어나 자라고 있는 딸들도 그러기를 바라요. 그러니 오늘 충분히 화를 내고, 다시 살아봐요. 남은 길을 마저 걸어갑시다. 혼자 걷지는 말아요. 우리가 이 고통을 나누면서 여전히 서로의 곁에 있는 것보다 고맙고 놀라운 일은 없을 테니까.

우리가 김지은 씨에게, 또 다른 피해자들에게, 한국 사회를 살아가는 여성으로서의 경험을 고통으로 공유하는 서로에게 굉장히 특이한 현상이 되어준다면, 그럴 수만 있다면. 그렇게 '하지 않는 선택'을 한 한국의 여성들이 우리의 대를 수평적으로 이어간다면, 그건 어쩌면 소멸이 아닐 거예요.

한국에서 젊은 여성으로 살아가는 오늘은 어땠나요? 저는 오늘 고통스러웠습니다. 앞으로도 자주 그렇겠지요. 하지만 효진 씨가 이럴 때일수록 또 다른 여성의 용기를 읽어야 한다고 말해주어서 『김지은입니다』를 다시 펼칠 수 있었어요. 책을 읽으며 사회가 우리의 기대에 부응하는 방식으로 변화하지 않고 역사가 희망의 방향으로 전진하지 않더라도, 개인은 나아질 수 있다는 것을 믿기로 했던 날들을 다시 떠올렸고요. 고통을 나눠주어서, 곁에 있어주어서, 혼자가 아니게 해주어서 고맙습니다. 아직은 여기에서, 조금은 더 버텨볼 수 있을 것 같다고 믿게 해주어서요.

2020년 7월 8일

더 잘 자고 더 잘 먹기로 한,

이나

하하하 웃으며 오랫동안
살아남아야 해요

▥ 도서 『시선으로부터,』, 2020년
▥ 웹툰 〈모죠의 일지〉, 2019~2021년

누군가 한국 여자들을 일부러 괴롭히고 있는 게 아닐까, 싶을 정도로 많은 일이 벌어진 지난주였습니다. 사실 지난주의 일이었다, 라고 과거형으로 말할 수도 없어요. 여전히, 아직도 진행 중인 사건들이니까요. 이나 님이 지난 편지에 쓴 문장을 그대로 이어서 써볼게요.

세계 최대의 아동 성착취물 사이트를 만든 한국의 24세 남성 손정우의 미국 송환이 거절되었고, 1년 6개월 형을 받았던 그는 재판 과정에서 형량을 모두 채워 석방되었습니다. 김지은 씨의 성폭력 고발로 대법원에서 3년 6개월의 형량을 받고 복역 중이던 한국의 55세 남성 안희정은 지난 4일 모친상을 당한 뒤 형집행정지로 일시 석방되었는데, 현직 대통령을 포함해 여권 정치인들이 보낸 조화와 조기가 가득한 빈소의 모습과 여권 인사들이 줄지어 조문하는 현장이 보도되었습니다.

그리고 박원순 전 서울시장은 그에게 성폭력을 당한 피해자가 고소장을 접수한 다음 날 스스로 목숨을 끊었습니다. 가해자가 사라졌으니 사건은 '공소권 없음'으로 종결되었죠. 서울시는 박원순 전 시장의 장례식을 5일장,

그것도 서울시장(葬)으로 진행했습니다. 반대하는 사람들의 목소리가 50만이나 모였는데도 말이에요.

어떤 자살은 가해였다. 아주 최종적인 형태의 가해였다.

정세랑 작가의 장편소설 『시선으로부터,』의 한 구절이 정말 많은 여성의 SNS에서 회자됐습니다. 즉각적으로 이해할 수 있는 문장이었어요. 문화예술계에서 한창 '미투' 선언이 이어지던 때도 성폭력 가해자로 지목된 수치를 스스로 참지 못해 목숨을 끊어버린 사람들이 있었지요. 누군가의 죽음은 대부분 안타깝고 슬픈 사건이지만, 어떤 죽음은 비겁하다고, 악랄하다고, 손가락질받아 마땅하다고 생각했어요. 그래서 저도 미리 사두었던 『시선으로부터,』를 드디어 펼쳐 읽었습니다.

이 이야기는 화가이자 작가로 일흔아홉까지 살았던 심시선이라는 여성으로부터 시작합니다. 그는 한국전쟁 때 군인과 경찰에게 가족을 잃고, 사진신부가 되어 하와이로 갑니다. 거기서 마티아스 마우어라는, 심시선과 그의 자녀들은 'M&M'이라고 부르는 남성 예술가를 만나 독일로 이주해요. 마티아스 마우어는 시선을 때론 뮤즈로 대하다가 때론 온갖 잡일을 도맡는 하녀처럼 취급합니다. 여러 가지 형태의 폭력을 휘두르며 시선을 아무것도 아닌 사람으로 만들려고 하죠. 심지어 시선이 자신을 떠나자, 모든 것이 사랑 때문이었으며 전 재산을 시선에게 주겠다는 유언을 남기고 보란 듯이 자살하고, 시선을 세기의 마녀로 만듭니다. 심시선은 말해요. 마티아스 마우어와 자신은 단 한 번도 연인이었던 적이 없으며, 그도 자신도 서로를 사랑한 적이 없다고. 마티아스 마우어와 함께하는 동안 자신은 일방적으로 폭력을 당하며 살았다고.

정세랑 작가의 작품에 등장하는 대부분의 여성이 그렇듯, 심시선은 폭력 속에서 대부분의 생애를 보냈지만 결코 유머 감각을 잃지 않았습니다. 20세기의 여성으로서 지나온 시간 속에서 무엇이 잘못된 것인지 바로 볼 줄 알았으며, 21세기 이후의 여성들은 다르게 살아야 한다고 말하는 사람이기도 했어요. 시선의 손녀 중 한 명, 화수는 할머니의 지난 삶을 곰곰이 곱씹어보다 생각합니다. 어떻게 할머니는 가슴이 터져 죽지 않고 웃으면서 일 흔아홉까지 살 수 있었을까.

'웃으면서'라는 표현 때문인지 저는 이 부분을 읽으 며 〈시스터후드〉의『김지은입니다』편에서 봄알람 출판 사의 이두루 편집자에게 들었던 이야기를 떠올렸어요. "책에서는 편집됐지만…"이라는 말과 함께 그가 들려준 이야기는 이랬습니다. 김지은 씨가 JTBC 〈뉴스룸〉에서 안희정 전 충남도지사의 성폭력을 고발하고 인터넷에서 각종 비방을 당하고 있을 때, 그러니까 그에 관한 비밀이 랍시고 온갖 얘기가 나돌던 어느 날 김지은 씨는 친구들 을 만났다고 해요. 친구 중 누군가가 말했습니다. "너에 관한 가장 큰 비밀은, 네가 사실은 재미있는 사람이라는 거야."

이 이야기에 심장이 쿵 내려앉는 것 같은 기분을 느꼈 습니다.『김지은입니다』에는 김지은 씨가 길에서 호떡을 사 먹어도 될지 망설이는 장면이 등장해요. 호떡을 너무 좋아해서 정말 먹고 싶은데, 이것을 사 먹는 모습이 누군 가의 눈에 띄면 피해자답지 못하다는 욕을 들을까 봐 걱

정합니다. 알고 보면 재미있는 사람이자 일하며 나름의 보람을 느끼는 노동자이자 호떡을 좋아하는 김지은 씨는, 공개적으로 유명인의 성폭력을 고발했다는 이유만으로 세상에서 존재를 최대한 지우고 살아가야 하는 사람이 됩니다. 어디선가 자신의 이름이 불릴까 봐 두려워할 뿐만 아니라, 웃고 울고 맛있는 음식을 먹고 농담을 하는, 한 인간으로서의 개별성을 잃게 되는 것입니다.

박원순 전 서울시장에게 성폭력을 당한 피해자의 입장문에는 이런 문장이 담겨 있습니다. "저는 앞으로 어떻게 살아야 할까요. 하지만 저는 사람입니다. 저는 살아 있는 사람입니다."

저는 그에 대해 아는 것이 별로 없습니다. 이나 님도 마찬가지겠죠. 우리가 알 수 있는 건 그가 지속적인 성폭력을 당했고, 그 사실을 용기 내어 말하기 시작했다는 거예요. 그가 살아 있는 사람이라는 것도요. 그는 당연하게도 좋아하는 음식을 먹고, 친밀한 사람들과 웃고 떠들 줄 아는 사람입니다. 음악을 듣고 리듬에 맞춰 몸을 움직이거나, 짜증을 내기도 하고, 때로는 코를 골며 깊은 잠에 빠지기도 하겠죠.

저는 이분이 여전히 살아 있는 사람으로서, 맛있는 것을 배부르게 먹고 자고 싶은 만큼 실컷 자고 쓸모없지만 아름다운 물건을 구경하거나 사면서 자신을 잃지 않고 지낼 수 있기를 바랍니다. 그럴 수 있도록 당신은 혼자가 아니라고, 우리가 여기서 모든 것을 함께 보고 듣고 있다고 계속해서 크게 말할 거예요.

그리고 꼭 그만큼, 우리도 우리를 잃지 않도록 해야 해요. 아무도 그것이 잘못된 일이라고 여성들에게 말해주지 않았고 그래서 폭력에 이름조차 붙일 수 없었던 야만의 시절을 통과했으면서 뒤에 오는 여성들은 누구도 그렇게 살아서는 안 된다고 말했던 심시선 씨처럼, 우리도 웃으며 케일 주스를 사 먹고 건강하게 오랫동안 살아남아 이야기해야 하니까요. 예전에는 남성이 성폭력을 저지르고도 위인 대접을 받을 수 있는 끔찍한 시대였지만 이제는 그렇지 않다고, 지금은 상상도 할 수 없는 일이라고 말이에요.

이나 님, 저녁 식사로 무엇을 먹었나요? 오늘은 어떤 음악을 듣고, 무엇에 웃었나요? 저는 가장자리에 치즈가 든 피자로 저녁을 먹었고, 집에 돌아와서는 배가 유난히 두둑한 둘째 고양이가 좌절한 듯 앉아 있는 모습을 보며 깔깔 웃었습니다. 비타민C와 D, 실리마린도 한 움큼 챙겨 먹었어요. 밀려 있던 웹툰 〈모죠의 일지〉도 봤고요.

내일도 저는 하하하 웃으며 하루를 보낼 거예요.
굿나잇, 내일 만나요.

2020년 7월 15일
〈모죠의 일지〉가 매일 연재되지 않는 것이 아쉬운,
효진

우연히,
하지만 우리는 매일매일

○ 영화 〈우리는 매일매일〉, 2020년

‖‖‖ 도서 『우리는 매일매일』, 2008년

지난 일요일에는 영화 〈우리는 매일매일〉의 관객과의 대화를 진행하기 위해 대구에 다녀왔습니다. 실은 이번에는 KTX 열차 안에서 답장을 쓰려고 '지금 편지를 쓰고 있는 이곳은 KTX 열차 안이고, 막 OO를 지나고 있습니다.'라는 첫 문장을 생각해두었는데, 기차 안에서는 정신이 하나도 없어 편지를 쓸 수가 없었어요. 잠을 거의 못 잔 상태로 기차를 타야 했거든요.

밤새 흩어진 생각들을 주워 모으고 떨어진 집중력까지 애써 끌어올려 겨우 무언가 쓰려고 하면 동이 터오는 며칠을 보냈습니다. 그래서 대구에 가야 하는 일정을 앞두고도 잠들지 못했고, 이른 시간에 일어나야 한다고 생각하는 순간부터 더욱 잠을 못 자는 오랜 버릇 탓에 기차 안에서는 깨어 있는 것도 잠든 것도 아닌 상태였어요. 그래서 대구로 가는 길에는 준비해둔 질문지를 몇 번 더 읽어보는 정도가 할 수 있는 최선의 일이었죠. 질문지를 꺼내 읽고, 몇 문장을 덧붙이다가 맨 마지막에 이렇게 적어두었습니다. '할 수 있는 일을 하자. 그런데, 할 수 있는 일이 뭘까?'

이런 질문을 하게 된 건 아마도 지난 2주 동안 많은 일을 겪으며 힘이 빠지고, 지겹고, 참담하고, 모욕적인 순간을 보내야 했던 한국의 여성으로서 계속 했던 생각이 바로 '할 수 있는 일을 하자.'였기 때문이었을 거예요. 그래도 할 수 있는 일을 해보자. 하지만 어느 순간부터 저는 스스로 주문처럼 되뇌곤 하는 이 다짐이 좀 의심스러워졌습니다. 그래서 자신에게 물어보았죠. 그래서? 할 수 있는 일이 뭔데? 언제나 잊혀질 즈음 하나 마나 한 응답이 돌아오는 청원일까? SNS에 글을 남기는 일일까? 왜 우리의 말은 사회를 바꿀 수 있는 위치의 사람들에게 가닿지 않을까?

이 질문에 대한 답뿐만 아니라 거의 모든 것에 대해 알지 못하는 채로 대구에 도착한 건 오후였어요. 진한 커피를 두 잔 정도 마셨지만, 머리가 맑지 않더라고요. 이 영화를 보고 이야기를 듣기 위해 일요일 오후에 극장까지 찾아와준 관객들과 영화를 만든 강유가람 감독님 모두에게 좋은 질문을 하고 싶었는데, 다 망쳐버릴 것 같은 느낌이 들었어요. 왜 일주일 전부터 일찍 잠드는 준비를 하지 않은 건지, 자신이 원망스러웠습니다. 이런 기분은 실은 지난 2주 동안 내내 바닥에 깔린 상태였어요. 잔잔하지만 지독한 무기력. 이 나라에서 여성으로 살며 오래도록 모욕받아왔음을 거듭 확인받을 때마다 느껴지는 피로감.

〈우리는 매일매일〉은 그 한중간에서 마주한 영화입니다. 이 영화는 20대 초반의 대학생이던 강유가람 감독님이 어떻게 페미니즘을 만났는지에 대한 이야기로 시작해요. 재미있어 보여서 풍물패를 시작했던 그는, 이른바 진보 진영에서 활동하다가 성추행을 당합니다. "그는 존경을 받는 사람이었다."라는 내레이션이 나올 때, 많은 관객들이 최근의 일(박원순 전 시장의 자살)을 생각했을 거예요. 저도 그랬고요.

이 경험을 정확히 설명해주는 언어로서의 페미니즘을 만난 감독님은 1990년대 말부터 2000년대 초중반까지, 한국 여성주의의 분류 안에서는 '영페미'로 지칭되는 세대의 페미니스트로 활동하게 됩니다. 페미니스트가 기간제는 아니니까 이후로도 여전히 페미니스트로 살아가고 있는데, 문득 궁금해진 거죠. "페미니스트로서 내가 잘 살고 있나? 시대를 잘 따라가고 있나?" 이 질문에 대답하는 방법으로 감독님은 과거의 페미니스트 친구들을 만나보기로 합니다. 그렇게 영페미의 목소리로 20여 년 전의 과거가 소환되는 한편, 호명되는 방식과 달리 더는 어리지 않은 40대 페미니스트들의 오늘이 영화에 담기게 됐죠.

영화는 2015~2016년 사이, 페미니즘 리부트라고 불릴 법한 몇 가지 사건을 거치며 지금에 닿은 시기 이전에, 당연하게도 한국에 페미니스트가 있었고 이들이 치열하게 운동해왔음을 기록합니다. 그들은 지금도 페미니스트로, 현장의 활동가로 살아가고 있어요. 알고 나서는 되돌아갈 수 없으므로 페미니스트로 살아갈 수밖에 없는 여성들의 모습에 찡해지는 한편, 예상치 않게 놀라운 장면도 있었습니다. 가장 놀랐던 부분은 여성주의 의료협동조합 살림에서 일하고 있는 어라 님이 페미니스트로 살아가는 일에 대해서 이렇게 답했을 때였어요. "나는 여성주의자가 먹고사는 데 유리하다고 생각해."

실은 저는 페미니스트로 살아가는 일이 필연적으로 피로할 수밖에 없다고 생각하고 있었거든요. 저는 살아가며 겪는 일에 대체로 "페미니스트가 아니었다면 어쩔 뻔했어, 어휴."라고 답하는 태도를 가진 사람이지만, 페미니스트로 사는 일이 경제활동에는 불리하다고 보는 편이었습니다. 하지만 어라 님은 페미니스트 개인이 삶을 대하는 태도 때문에, 오히려 먹고사는 데 유리할 수 있다고 말했습니다. 발상의 전환이었죠. 페미니스트는 "자기 성찰적이고, 일상으로부터의 변화를 염두에 두고 살아가는 사람"이기 때문에, 성장할 수 있고 그 태도가 생존을 가능케 한다는 거예요. 반성하고, 바뀌고, 돌아보고, 나아가는 사람은 살아남을 수 있다는 것이죠.

그 장면을 보면서 저는 효진 씨가 한 팟캐스트에 출연해서 했던 이야기를 떠올렸어요. 앞으로의 계획, 직업 전망을 물었을 때, 이렇게 대답했죠. 콘텐츠를 쓰고, 만들고, 기획하고, 편집하는 본인의 일은 아주 오래 할 수 있고, 절대 없어지지 않을 일이라고 생각한다고요.

그때 제가 무척 놀랐다고 말했던가요? 정말 놀랐습니다. 왜냐하면 작가인 저는 작가라는 직업이 외부의 평가나 필요에 따라서 그 위상이 쉽게 달라지기 때문에 경제적인 기반을 얻고 유지하기 굉장히 어렵다고 느끼고 있었거든요. 아마도 나는 계속 글을 쓰면서 살겠지만, 글을 쓰는 일이 나를 먹여 살려줄 거라는 확신은 도저히 들지 않았어요. 내가 쓰고 만들어내는 무엇인가가 나의 생계를 책임지지 못할 수 있다는 오랜 공포를 경쾌하게 뛰어넘은 효진 씨의 대답이 그랬듯이, 페미니스트로 사는 일은 먹고사는 데 유리하다는 어라 님의 말도 저를 놀라게 했습니다.

감독님과 함께 영화가 끝나기를 기다리며, 이 장면을 생각하면서 힘을 냈어요. 대화가 시작됐습니다. 관객과의 거리는 멀지 않지만 모두 마스크를 쓰고 계셨기에 표정을 보지 못해 아쉬웠어요. 그래도 잘 듣고 계시리라 믿으면서 신중하게 질문했고, 새겨들었습니다. 그렇게 감독님과의 대화를 마무리하고 관객 질문을 받았어요.

첫 번째로 질문하신 분이 유독 기억납니다. 이 영화가 좋아하는 책(진은영 작가의 시집『우리는 매일매일』)과 같은 제목이라 영화에 대한 정보가 없는 상태로 우연히 보게 되었다던 관객분은, 영화를 보면서 "우연이었지만 이게 지금 나에게 꼭 필요한 이야기라는 걸 알았다."고 하셨어요. 잠깐 눈물을 참았습니다. 저에게는, 그 말이 지금 꼭 필요했거든요. 우연히, 하지만 필연적으로 우리는 삶에서 서로를 만나고 또 페미니즘을 만납니다. 그리고 페미니스트로 살게 되고요. 그다음부터는 그저 '매일매일'의 삶인 거예요. 삶은 페미니즘 운동이 아니지만, 우리의 삶에서 페미니즘은 뗄 수 없다는 것을 기억하면서 살아가는 매일이요.

서로 다른 속도일 수 있지만, 방향이 같음을 기억하고 걷는 것. 힘이 있다면 뛰어가는 것. 소리치는 것. 손뼉을 치며 방향을 알려주는 것. 지쳐 있는 순간, 쉬어가는 순간에도 어디선가 들려올 방향을 알려주는 소리에 귀 기울이는 것. 이 모든 순간이 시간으로 쌓여 우리를 성장시킨다는 걸 알고 또 믿는, 그런 매일매일.

할 수 있는 일을 하자. 할 수 있는 일이 뭘까요? 그렇게 살아가는 거겠죠. 하하하 웃으며 오랫동안 살아남았던 심시선도, 그렇게 날마다 구체적으로 살아갔을 거예요. 계보는 혈연도 인연도 넘어 여성들 사이에서 이어질 거고요. 우리는 넘치도록 많은 사건으로 지금도 세상이 바뀌지 않았다는 것을 확인하지만, 동시에 우리가 바뀌었다는 것도 확인합니다. 우리가 세상의 일부인 이상, 우리가 많아지고 많이 바뀐다면 세상도 분명히 바뀌겠죠. 그게 페미니즘이, 좋은 여성의 이야기가, 친구들이 저에게 가르쳐준 거예요. 일요일에도 저는 대구의 작은 극장에서, 그 극장을 채운 관객들과 감독님과 영화로부터 또 배웠습니다.

다시 기차를 타고 집으로 돌아와 열다섯 시간을 내리 잤어요. 그리고 번쩍 일어나 효진 씨와 〈시스터후드〉를 녹음했어요. 이제 편지를 씁니다. 이게 제가 할 수 있는 일이니까요. 여성이 만들고, 쓰고, 의미 있게 존재하는 콘텐츠에 관해 이야기하는 일. 그리고 동시에 여성인 내가 쓰고 또 만드는 일. 정세랑 작가님의 책에서 문장을 다시 빌려오자면, "매일 쓰는 작가로서의 고된 행운"을 누리는 일.

저는 작가니까 세상을 궁금해하고, 질문하고, 이야기와 문장을 건져 올리고, 많이, 거듭 생각할 거예요. 호기심을 가지면서 끊임없이 배우고, 작은 순간들을 놓치지 않을 겁니다. 페미니스트니까 세상의 기울어짐에 더 예민하게 반응할 거고요. 여성을 위해, 작고 약한 존재를 위해 목소리를 내고, 겹쳐진 축과 여러 각도에서 나의 좌표를 살피고, 우리는 달라지고 성장할 수 있다는 사실을 믿을 거예요.

그렇다면 매일매일, 먹고사는 것도 걱정 없어요.

2020년 7월 22일

하지만 식재료가 떨어져 내일은 또 라면을 먹어야 하는, 이나

우리는 매일매일,
새로운 이야기를

||||| 잡지 《우먼카인드》 11호, 2020년

○ 넷플릭스 다큐멘터리 〈셔커스: 잃어버린 필름을 찾아서〉, 2018년

기자로 일했고, 또 공개적으로 글 쓰는 일을 꾸준히 해온 여성으로서 악의적인 댓글을 받는 데는 이골이 날 만큼 났다고 생각했습니다. 좋은 댓글을 받아본 기억이 별로 없거든요. 제가 쓴 글이 포털사이트의 뉴스 페이지에 오른 날에는 특히나 말입니다.

지난주에도 그랬어요. 안희정 전 충남도지사와 박원순 전 서울시장의 일을 언급하며 여성이 지속가능한 일터나 일을 꿈꾸는 게 얼마나 어려운지, 여성의 경력 단절을 불러오는 것은 사회의 급격한 변화뿐만 아니라 '일'의 얼굴을 하고 벌어지는 다양한 방식의 성폭력 때문이기도 하다는 요지의 칼럼을 썼거든요. 그렇지 않나요? 김지은 씨도, 박 전 서울시장의 비서로 일했던 피해자분도, 성폭력을 겪고 가해자를 공개적으로 고발한 이후 일을 이어가지 못하고 있는 상황이니까요.

저에게 충격을 준 건 여성과 일에 관한 일부 남성들의 시각이 선명하게 드러나는 댓글들이었습니다. 일터에 여성의 자리가 남성의 자리보다 부족한 것, 여성이 남성보다 적은 돈을 받는 것, 여성이 일터에서 경력을 꾸준히 이어가지 못하는 것은 여성의 능력이 남성보다 부족해서 벌어지는 결과임에도 그것을 '기울어진 운동장' 탓으로 돌린다는 이야기가 많았어요. 일터에서 성폭력이 벌어진 다면 여성을 뽑지 않는 것만이 답이라는 댓글도 있었죠.

대화가 통하지 않는 사람들의 말에는 신경 쓰지 않는 다. 악의적으로 공격하는 글을 보더라도 못 본 척한다. 이 것이 글 쓰는 여성으로서 제가 저 자신을 지키는 방법이 지만, 이번에는 도저히 이런 댓글들에 대한 생각을 떨칠 수가 없더라고요. 이렇게 명확한 사건들이 줄줄이 벌어 졌는데도 여전히 여성의 능력 운운하는 사람들이 있다 면, 어디서부터 어떻게 다시 이야기를 시작해야 할까. 무 언가 바뀌긴 하는 걸까. 답답하고 무서웠습니다.

그리고 생각했어요. 글 쓰는 일에는 어째서 도무지 익 숙해지지 않을까? 이 질문은 '여성으로서, 여성 이슈에 관한 글을, 공개적으로 쓰는 데는 어째서 적응되지 않을 까?'라고 바꾸는 게 더 정확할 것 같아요. 얼마 전 만난 한 동료가 저에게 물었습니다. "다른 매체에 제가 쓴 글 을 개인 SNS에도 자주 올려야 필자로서 제 이름이 알려질 것 같은데, 그러지를 못하겠어요. 효진 님은 어떻게 하세요?" 저는 별것 아니라는 듯 답했죠. "저는 정말 정말 알리고 싶은 글, 정말 정말 다른 사람들에게 자랑할 만한 글이 아니다 싶으면 SNS에 굳이 올리지 않아요. SNS는 제 사적인 영역인데 공식적으로 쓴 글을 거기에 꼭 올릴 필요는 없지 않을까요?"

여기까지 말하고 나서, 저는 문득, 제가 쓴 글을 여기저기 자랑하지 않는 이유가 무엇인지 깨닫게 되었어요. 누군가의 비난을 받을까 봐 두렵기 때문이었죠. 페미니스트라면서, 여성 관련 이슈에 관해 말하고 글 쓰는 일을 하면서 그 정도밖에 쓰지 못하냐고, 이 부분이 틀리지 않았냐고 비난받을까 봐요. 또는 여성 이슈에 대한 글이라면 구체적인 내용이 무엇이든 간에 달려들어서 욕부터 하는 사람들의 타깃이 될까 봐요. 완벽한 페미니즘이란 없고 누구에게도 욕먹지 않는 글 같은 건 없다고 다른 사람들에게는 말하면서도, 스스로는 그렇게 믿고 있지 못했던 거예요.

2018년 초, 제가 약간의 우울감에 빠져 있었던 시기를 이나 님은 기억할 거예요. 걸 그룹과 페미니즘을 주제로 강연을 하고, 그 강연의 거의 모든 내용이 기사로 나가는 바람에 정말 많은 사람으로부터 다양한 비난을 받았던 때입니다. 여러 매체에 실린 저의 사진이 온갖 커뮤니티-특히 남초 커뮤니티-에 돌았고, 그 아래에는 또 온갖 욕들이 달렸어요. SNS에서도 저를 욕하는 사람들이 있었고요. 그때 확실히 알게 됐어요. 사람들은 여자를 쉽게 미워한다. 글 쓰는 여자는 더욱 미워한다. 여성에 관한 글을 쓰는 여자는 그보다 훨씬 더 미워한다.

이나 님과 다른 동료들이 기획하고 제가 모더레이터를 맡았던 '왜안돼 페스티벌'에서 정세랑 작가님이 했던 말이 떠올라요. 여성들이 쓰는 글에 모두가 관대해지면 좋겠다고, 분량이 한정적인 칼럼에서 여성이 여성 관련 이슈를 다루다 보면 당연히 어느 정도는 논리적인 비약이 생길 수밖에 없는데, 그것을 감안하고 글을 읽으며 글 쓰는 여성들에게 힘을 실어주면 좋겠다고 했죠. 목소리를 내보려는 여성, 여성에 관한 여성의 이야기를 직접 해보려는 여성들이 사방에서 날아오는 비난에 지쳐 결국은 입을 다물게 되지 않도록 말입니다.

저는 지금 글 쓰는 여성에 관한 이야기를 하고 있지만, 이건 사실 여성 전체에 관한 이야기이기도 해요. 자신의 의견을 드러내는 게 다른 사람의 눈에 어떻게 비칠까 무서워서 SNS도 잘 사용하지 않는다는 여성들을, 저는 꽤 많이 만났거든요.

마침 엊그제 《우먼카인드》11호에서 읽은 장혜영 정의당 의원 인터뷰 기사에서 인상 깊은 문장이 있었어요. "혐오에는 구조가 존재한다는 사실을 이해하고 그것을 정확히 호명하다 보면 훨씬 견딜 만해지죠." 누구든 애써 고민하지 않으면 여성을 쉽게 미워하게 되는 것도 개개인의 출처 없는 악의 때문이 아니라, 그것이 자연스럽도록 만드는 구조 때문이라고 생각해요. 아주 오래전부터 바뀌지 않았던, 모든 이들이 여성을 미워함으로써 유지되고 돌아가는 구조. 그러나 혐오에도 구조가 있다는 것은 바꿔 말하면, 다행히도 혐오라는 문제를 해결하고 격

파할 방법도 찾을 수 있다는 뜻이겠죠.

"격변하는 시대 속에서 정치를 시작한 여성으로서 어떤 미래를 바라보고 계신가요?" 앞에서 언급한 인터뷰에서 인터뷰어인 최지은 작가가 장혜영 의원에게 묻습니다. 이 질문에 대한 장 의원의 답변은 이거예요. "지금 이 순간의 의미는 얼마의 시간이 지난 뒤에 깨달을 수 있을 거예요." 여러 가지 뜻이 담긴 말이었겠지만, 저에게는 우리가 이 시대를 살아가는 여성으로서 겪고 기록하고 바꿔가는 일들의 의미를 시간이 조금 더 흐른 후에야 더욱 선명하게 볼 수 있다는 말로 읽혔어요. 우리가 구조를 얼마나, 어떻게 바꿔냈는지도 그때쯤 더 제대로 알게 되겠죠. 알게 되는 날까지 계속해서 고민하고 생각하며 움직일 수밖에 없어요. 여성을 자연스럽게 미워하지 않도록 노력하면서요.

〈우리는 매일매일〉에 관한 이나 님의 지난 편지를 읽으며 제가 너무나 좋아하는 넷플릭스 다큐멘터리 〈셔커스: 잃어버린 필름을 찾아서〉를 떠올렸다면, 좀 이상할까요? 1990년대 말부터 2000년대 초중반까지 '영페미'로 활동했던 강유가람 감독님이 "나는 페미니스트로서 잘 살고 있나? 시대를 잘 따라가고 있나?"라는 의문을 품고 과거의 페미니스트 친구들을 만나 그들과 자신의 현재를 담아냈다는 부분에서 말입니다.

〈셔커스: 잃어버린 필름을 찾아서〉는 페미니즘에 관한 영화가 아니지만, 과거와 현재를 대하는 여성들의 태도를 볼 수 있는 작품입니다. 싱가포르 출신의 감독 샌디 탄은 어릴 적 친구들과 촬영하던 도중 조지라는 백인 남성에 의해 잃어버리게 된 영화 〈셔커스〉를 찾아 떠나요. 그들은 조지가 〈셔커스〉에 너무나 집착한 나머지 필름을 자신의 집에 고이 모셔놓기만 했다는 사실을 몇십 년이 지난 후 알게 되고, 그때는 이미 영화의 모든 사운드가 소실되어버린 상태입니다.

그러나 이 작품은 실패의 기록이 아닙니다. 샌디 탄 감독은 〈셔커스〉를 만들던 당시 자신과 친구들이 어떤 관계를 맺고 어떤 생각을 했는지, 그 시간이 현재의 자신들을 어떻게 만들었는지 담아내요. (샌디를 비롯해 그때의 친구들은 모두 각자 다른 방식으로 영화와 관련된 일을 하고 있습니다.) 그리고 새로운 사운드를 입혀 〈셔커스〉를 완성합니다. 완성된 작품은 어릴 적 그들이 만들려고 했던 작품과는 전혀 다른, 과거에서 발굴해낸 먼지 쌓인 유물이 아니라 현재진행형의 〈셔커스〉가 됩니다. 재미있는 일이에요. 이 다큐멘터리에서 언제까지나 과거만 붙잡고 살아가려던 사람은 남성이고, 과거를 현재의 눈으로 바라보고 해석할 줄 아는 사람은 여성이라는 것이요.

이게 의미하는 바가 있는 것 같지 않나요?

그러니까 어찌 됐든 매일매일, 새로운 이야기를 쓸 수 있는 것은 여성인 우리라는 사실 말이에요.

2020년 7월 29일

그렇지만 오늘도 '글 쓰는 건 왜 이렇게 늘 힘들까' 생각하며,

효진

저는 문득, 제가 쓴 글을 여기저기 자랑하지 않는
이유가 무엇인지 깨닫게 되었어요. 누군가의
비난을 받을까 봐 두렵기 때문이었죠.
완벽한 페미니즘이란 없고 누구에게도 욕먹지
않는 글 같은 건 없다고 다른 사람들에게는
말하면서도, 스스로는 그렇게 믿고 있지 못했던
거예요.

여자를 미워하지 않는 세계로, 같이

○ 예능 프로그램 〈놀면 뭐하니?〉, 2019년 (방영중)

▥ 도서 『여자들은 먼저 미래로 간다』, 2019년

◇ 가요 〈사미인곡〉, 2001년

장마가 이어지고 있습니다. 7월 한 달을 꼬박 높은 습도 속에서 지내다 보니 가끔 비추는 햇빛이나 구름이 만드는 저녁 노을의 문양 같은 것에도 고마워하는 마음을 갖게 되었는데, 비가 8월까지 이어지니 슬슬 지치기 시작하네요. 이 정도로 습한 시기는 여름이 아닌 다른 계절로 따로 이름을 붙여야 하는 건 아닐까요? (아, 그게 장마였던가요?) 며칠 전 버릇처럼 휴대폰의 날씨 앱에서 습도를 확인하다가 99%인 것을 보곤, "이럴 거면 차라리 비나 내리지." 하고 중얼거렸던 게 후회됐어요.

그리고 작년 이맘때쯤 똑같은 습도였던 날, 효진 씨와 갑자기 노래방에 갔던 어느 밤을 떠올렸습니다. 거의 안개가 되기 직전의 공기를 헤치고 망원시장을 지나 망원역 근처에 새로 생긴 코인 노래방을 향해 걸어가며, 우리는 이런 농담을 했었죠.

"날씨가 이럴 거면 숨을 아가미로 쉬게 해줘야 할 거 아니에요?"

"사실 헤엄쳐서 가고 있다고 봐야죠."

그렇게 노래방에 도착했습니다. 늘 그렇듯이 천 원짜리를 쌓아두고는, 듣고 있는 서로를 그다지 배려하지 않고 멋대로 좋아하는 노래를 불렀죠. 노래방. 시도 때도 없이 노래를 흥얼거리며 아무 데나 가사를 갖다 붙여 대화를 이어가는 저와, 노래를 듣는 것만큼이나 노래 부르는 걸 좋아하고 잘 부르는 효진 씨가 공통적으로 좋아하는 장소. 올해 단 한 번도 가지 못한 그곳 말입니다.

요새는 노래를 제대로 부른 지 너무 오래되어서인지, 생활 속에서 갑자기 노래가 튀어나오곤 해요. 띵똥거리는 노래방 반주에 맞추어 마이크를 잡을 기회를 거의 대부분의 사람이 잃게 된 지금, 정말 이러다 세상이 노래방이 되어버리는 게 아닐까 하는 엉뚱한 생각을 하기도 하고요.

하지만 얼마 전부터 노래방을 생각하면, 한 연예인의 얼굴이 떠오릅니다. 〈놀면 뭐하니?〉가 탄생시킨 혼성그룹 '싹쓰리'에서 '린다G'라는 이름의 부캐로 활약 중인 이효리의 근심 가득한 얼굴 말이에요. 데뷔 23년 차 슈퍼

스타가 기어코 카메라 앞에서 눈물을 흘리고 말았던 순간이 떠올라요. 그 이유가 바로 노래방이었으니까요.

이효리는 또 다른 예능 프로그램인 〈효리네 민박 2〉에서 인연을 맺은 소녀시대 윤아와 함께 노래방에 갔다가, 마스크를 쓰지 않은 채 인스타그램 라이브 방송을 했다는 이유로 비난을 받았습니다. 저는 정확히 쓰고 싶어요. 비판이 아니라 비난이라고요. 비판이었다면 이효리가 문제를 인식하고 방송을 끈 뒤 자신의 계정에 사과문을 올렸을 때 사건이 정리됐어야 했습니다.

하지만 그렇지 않았죠. 누군가는 그가 싹쓰리에서 하차하기를 원했고, 또 누군가는 다른 형식의 사과를 원했습니다. 그것은 아마도 연예계를 포함한 한국의 온라인 문화 안에서 잘못된 공식처럼 자리 잡은 자필 사과문이라거나, 네티즌으로 뭉뚱그려지는 가상의 대중이 품은 실망이나 화를 달래줄 더 강력한 방식의 무엇이었을 거예요. 그런 분위기 속에서 이효리는 방송을 녹화해야 했고, 눈물을 흘린 것이었죠. 그 장면이 전파를 타고 나서야 기이한 비난은 잦아들었습니다. 그 눈물은 저에게 상처가 되었어요. 아마도 그 장면을 보고 있었을 또 다른 많은 여성들에게도 그랬을 것이라고 생각합니다.

이후 많은 이들이 지적했지만, 이 눈물은 꽤 많은 것을 상징하잖아요. 여성이 겪는 고통을 관음하며, 고통이 겉으로 드러나기를 바라는 카메라의 시선은 대중의 시선과 꼭 닮았습니다. 실수한 여성은 방송에 나와 눈물을 흘려야 용서를 받지만, 범죄를 저지른 남성은 뉴스 화면에서조차 웃는 얼굴을 비춘다는 사실을 생각하지 않을 수 없었어요. 그나마 이효리이기 때문에 댓글 재판과 연예 지라시가 만드는 이상한 방식의 여론 형성에 더는 휩쓸리지 않을 수 있었던 것을 우리는 압니다. 작은 실수, 하찮은 논란, 중요하지 않은 한마디가 얼마나 많은 여성 연예인들의 커리어를 망쳤던가요.

'겨우 그 정도의 일'로 수많은 여성 연예인이 방송에서 하차하는 동안, 또 얼마나 많은 남성 연예인이 무려 "그를 용서하고 싶다."는 남성 제작진의 전폭적 지지와 응원을 받으며 화면에 얼굴을 비추었던가요. 이효리의 눈물로 또 한국의 방송은 여성과 남성 사이 까마득한 격차를, 끊임없이 반복되는 여성을 향한 미움을, 제일 잘나가는 토요일 예능 프로그램에서 다시 확인해준 셈이 되었습니다.

이 사건은 지난 편지에서 효진 씨의 질문과도 이어질 거예요. 글을 쓰는 일이든, 방송에 얼굴을 비추는 일이든, 여성이 자신의 이름과 얼굴을 공개할 때 미움을 받는 일은 심지어 무관심 속에 버려지는 일보다 쉽습니다. 사람들, 특히 악의를 가진 사람들이나 누군가를 미워하고 혐오하는 사람들은 언제나 생각보다 부지런하거든요. 게다가 효진 씨가 쓴 것처럼 여성을 미워하는 건 남성만이 아니잖아요. "아주 오래전부터 바뀌지 않았던, 모든 이들이 여성을 미워함으로써 유지되고 돌아가는 구조"를 가부장제로 바꿔 말한다면, 가부장제 사회 안에서 여성인 우리는, 우리 자신조차도 너무 쉽게 미워하고 있는 거예요.

아마도 우리가 이런 이야기를 가장 많이 했던 건 2019년 봄, 『여자들은 먼저 미래로 간다』의 출간 후 북토크에서였던 것 같아요. 저는 그때 "사회가 여성을 미워하기 때문에 여성 역시 여성을 미워하도록 학습돼 있다고 생각한다."고 이야기했습니다. 풀어 말하자면, 여성 대부분은 여성이 미움받는 상황에 너무 익숙하기 때문에 미움을 받는다는 것도, 미워하고 있다는 것도 모른다는 이야기예요.

심지어 우리는 종종 여성 캐릭터에게마저 비호감 딱지를 붙인 뒤 미워합니다. 그 여자가 민폐를 끼치기 때문에, 속을 알 수 없기 때문에, 정신 상태가 안정적이지 않기 때문에, 모성이 부족하기 때문에, 사회가 부여한 여성성이 없기 때문에, 다른 여자를 돕지 않기 때문에, 못생겼기 때문에. 남자 캐릭터는 화면에 나오기만 해도 신 스틸러가 되고 매력적인 악역이 되는 동안에요.

그렇다면 결국 다시 중요해지는 건, 우리가 읽고 보고 만나는 이야기일 거예요. 여성의 관점으로 세상을 보는 방법을 다시 배워야 한다면, 세상을 이해하고 받아들이게 하는 틀은 이야기니까요. 우리는 이런 내용을 담아 『여자들은 먼저 미래로 간다』를 썼습니다. 예능을 보면서 웃는 방식도, 영화나 드라마 속 로맨스에 대한 인식도,

이 모든 콘텐츠에서 여성을 미워하게 되는 감정도 학습된다는 면에 대해서 말하고 싶었습니다.

그리고 무엇보다 여성의 이야기에 관해서 말하고 싶었죠. 한 콘텐츠에 '여성 서사'라는 이름을 붙이려고 한다면, 그 말을 하는 사람 안에 기준이 있어야 한다는 사실을요. 기준을 세우기 위해서는 감상자 개인이 콘텐츠를 연결해서 보면서 질문하고 생각하는 힘을 기르지 않으면 안 된다는 사실을 전달하고 싶었어요. 이건 여성이 쓰고 만든 모든 이야기를 응원하자거나, 여성이 만들었으니 더 나은 작품이라는 주장과는 전혀 다른 이야기예요. 이건 여성인 우리가 여성으로서 세상을 보는 힘을 기르지 않으면, 목소리를 내지 않으면, 우리는 계속 우리를 미워하는 세상에 살 수밖에 없다는 의미죠. 어떤 순간에는 서로를, 때로는 자신을 미워할 수밖에 없기 때문에 우리는 여성을 미워하지 않기 위해서 노력해야만 한다는 이야기이기도 하고요.

며칠 전 〈시스터후드〉 다음 편을 기획하다가 제가

"이 일이 가장 재미있다."고 말했었죠. 진심이었어요. 왜냐하면 저 또한 매주 수요일의 이야기를 쌓아나가면서, 세상을, 그 세상을 살아가는 내 주변의 여자들을, 여성인 나 자신을 미워하지 않는 방법을 배워가고 있기 때문입니다. 우리가 〈시스터후드〉를 통해서 하는 일 중에 가장 중요한 일이 바로 이거라고 생각해요. 주변의 여자들에게, 또 대중 앞에 자신의 이름으로 목소리를 내는 여자들에게 '나는 당신을 미워하지 않는다'는 신호를 계속 보내는 일.

저는 여자를 애써 사랑할 필요는 없다고 생각합니다. 미움의 반대말이 사랑은 아니니까요. 사랑할 수 있는 만큼만 사랑하되, 미워하지 않기 위해서는 노력하는 게 무엇보다 중요하다는 것, "과거를 현재의 눈으로 바라보고 해석할 줄 아는 사람"인 여성으로서 이렇게 계속 먼저, 같이 미래로 가보자는 것. 여성을 미워하지 않는 세계, 우리가 먼저 살고 있는 미래로요.

언제 다시 노래방에 갈 수 있을지는 모르겠지만 그날이 빨리 왔으면 좋겠어요. 제가 이 노래를 부르면 효진 씨가 질겁하는 건 알지만, 좋아하는 방송인 송은이 씨와 공통의 십팔번인 서문탁의 〈사미인곡〉을 불러줄게요. "난 사랑을 하나니, 정녕 있는 힘껏 사랑하며 그렇게 살으리오다."라는 대중가요라고는 믿기지 않는 가사를, 이렇게 바꿔서 들어주세요. 정녕 있는 힘껏, 여자를 미워하지 않으며 그렇게 살으리오다.

2020년 8월 5일

'곧'이라고 쓰면, 정말 '곧' 노래방에 갈 수 있을 거라고 믿어보면서,

이나

밤 12시의 산책

○ 영화 〈와일드〉, 2014년

여전히 서울에 큰비가 예정되어 있는 날입니다. 일기예보에 따르면 이번 주 일요일까지는 쭉 이렇게 비가 올 거라고 하죠. 이런 상황에서 일기예보란 얼마나 들어맞을 수 있는 걸까, 예보라는 게 의미가 있기는 한 걸까 궁금하지만, 아무튼 그렇다고 해요. 햇볕이 너무 쨍쨍해서 더워본 적, 옷 밖으로 드러난 피부가 따끔하다고 느낀 적, 건조해서 얼굴이 바짝바짝 타들어가는 것 같은 느낌을 받아본 적이 언제였나 돌이켜보니 40일도 더 되었더라고요. 초여름까지만 해도 집에서 신나게 자라던 식물들도 시들시들해졌습니다. 건조해서가 아니라 너무 습해서 식물이 힘들어할 수도 있다는 사실을 처음 알았어요.

어제 새벽에는 굵은 비가 세차게 내리는 소리 때문에 무려 잠에서 깼습니다. 심장이 너무 빨리 뛰어서 다시 잠들기까지 오랜 시간이 걸렸어요. 이렇게 비가 많이 오면 세상이 어떻게 되는 건지, 기후 위기가 이 정도로 심각한 상황이라면 앞으로 우리는 어떻게 살아야 하는지…. 비를 피하기 어려운 길 위의 동물들과 비에 취약한 집에 사는 사람들은 지금 어떤 시간을 보내고 있는지, 안전할지 걱정스럽고 불안했습니다.

　내리는 비를 보며 거의 매일 근심에 빠지는 요즘이지만, 엊그제는 민망하게도 저 자신의 문제에 골몰하느라 기후 위기니 뭐니 하는 커다란 문제들을 몽땅 잊어버리고 말았습니다. 마음 한구석이 아픈 것을 참고 누워서 잠을 청하려다가, 도저히 잠이 오지 않아 밤 12시에 무작정 밖으로 나갔어요. 마음과 머리가 복잡할 때면 무조건 걷는 게 최고의 처방이니까요. 비가 내리지는 않았지만 언제 갑자기 내릴지 모르니 작고 가벼운 3단 우산을 왼쪽 팔목에 걸고, 휴대폰과 신용카드 한 장을 챙겼습니다. 아무 생각 없이 나갔는데 바깥이 정말 캄캄하고 다니는 사람도 거의 없어 좀 무섭더라고요. 집에서 나왔지만 딱히 갈 만한 곳이 없다는 게 웃기고 약간은 서럽게 느껴지기도 했어요.

　어디로 왜 걷는지도 모른 채, 저는 무조건 밝은 곳으로, 큰길을 따라 걷기 시작했습니다.

　밤 12시에 술을 마시거나 친구들과 놀지 않는 사람이

갈 수 있는 곳은 어디일까요? 문득 떠올라서 근처에 있는 영화관의 상영시간표를 확인했습니다. 코로나 시국이라 그런지 심야 상영이 사라졌더라고요. 저는 계속 걸었습니다. 이럴 때 몇 시간이고 앉아 있을 만한 조용한 카페가 있다면 얼마나 좋을까 싶었지만, 평소 좋아하고 자주 가는 카페들은 당연히 이미 모두 문을 닫은 뒤였죠. 걷다 보니 무서운 생각이 들기도 했어요. 술 취한 남자들 옆을 지나칠 때, 술집 앞에서 담배를 피우고 있는 남자들 앞을 스쳐 지나갈 때, 저도 모르게 몸이 움츠러들었습니다. 조용히 3단 우산의 대를 뽑아서 손잡이를 단단히 잡았습니다. 혹시나 누가 근처에 오기라도 하면 바로 세게 휘두르려고요. 그저 우산을 가지고 노는 척, 몇 번 윙윙 돌려보기도 했답니다.

밤에는 왜 같은 거리도 낮보다 더 멀게 느껴지는 걸까요? 걸으며 걸으며 영화 〈와일드〉를 생각했습니다. 셰릴 스트레이드는 엄마를 암으로 잃은 후 인생을 포기한 것처럼 살아가다 배낭 하나만 메고 약 4,300km에 달하는 퍼시픽 크레스트 트레일(PCT)을 걷기 시작합니다. PCT

는 엄청나게 길고 험난한 트래킹 코스라고 해요. 발톱이 빠지도록 걷고, 처음 본 사람이 위생 상태를 지적할 정도로 걸으면서 그는 지난 삶을 돌아보며 좋았던 순간들과 슬펐던 순간들, 괴로웠던 순간들을 떠올립니다.

그중 가장 강렬한 것은 엄마와의 기억이에요. 폭력적인 아빠에게 괴롭힘을 당하면서도 삶을 견뎌냈던 엄마, 셰릴과 동생을 누구보다 사랑했던 엄마, 삶에 대한 애착이 컸던 엄마, 아내와 엄마가 아닌 이름으로는 살지 못했음을, 삶이 언제까지고 계속될 거라고 생각했다며 후회하던 엄마. 그런 엄마를 떠올리며, 셰릴은 계속해서 걷습니다. 걷는 동안에도 기쁜 일과 나쁜 일은 번갈아 닥쳐옵니다. 누군가는 셰릴을 돕고, 또 누군가는 셰릴을 위협하죠. 94일간의 걷기 끝에 셰릴은 깨달아요. 엄마를 잃은 슬픔에 잠식되어 있는 자신으로부터 벗어나기 위해 4년 7개월 하고도 3일이라는 시간이 필요했다는 사실을 말입니다.

셰릴의 고통에 비하면 한밤중에 저를 걷게 만든 일은

정말로 아무것도 아니었습니다. 축소해서 말하는 게 아니라 정말로요. 그런데 신기하게도, 저 역시 걷다 보니 조금씩 모든 게 괜찮아지는 것 같은 기분이 들었어요. 강아지와 산책하는 사람들, 그 강아지들의 실룩거리는 통통한 엉덩이, 부지런히 이곳저곳을 오가는 쓰레기차, 노래연습장에서 흘러나오는 목소리들. (네, 노래방에 가는 사람들이 꽤 많더라고요.) 어떤 사람은 잠들고 어떤 사람은 목적지 없이 걷듯, 그 시간에도 사람들은 각자의 삶에 몰두하고 있다는 사실이 묘하게 위로가 되었습니다. 그리고 그들에게도 오늘 하루 크고 작은 기쁨과 슬픔이 있었을 거라는 생각이 들었어요.

저는 걸음을 멈추고 맥도날드로 들어갔습니다. 집을 나설 때만 해도 마실 생각이 전혀 없었던 디카페인 아이스 커피를 한 잔 주문했어요. 창가 쪽에 앉아 천천히 커피를 마셨습니다. 사람들을 구경하고 커피 컵을 비우는 동안, 이상하게도 마음이 편안해지더라고요. 자리에서 일어나 맥도날드에서 나온 뒤 방향을 틀어 다시 집 쪽으로 걸었습니다. 집에 도착하니 나온 시각으로부터 한 시간

정도가 흘러 있었어요.

〈와일드〉에서 그동안 자신이 슬픔을 인정하지 못하고 외면하고 있었음을 깨달은 셰릴은 전남편에게 보내는 편지에 이런 말을 씁니다. "이젠 이겨낼 준비가 됐어." 겨우 한 시간의 밤 산책을 마친 사람이 하기에는 좀 민망하도록 거창한 말이지만, 집으로 돌아가는 길에서 제 마음도 비슷한 상태였어요. 내가 겪은 고통은 딱 한 시간짜리 산책이 필요한 것이었구나. 이제는 아무렇지 않다고 생각할 준비가 됐구나. 집에 도착해 따뜻한 물로 짧은 샤워를 하고 잠자리에 누워 푹, 길게 잠들었습니다. 밤의 헤프닝은 그렇게 마무리됐어요.

아무래도 성격이 급한 탓이겠지만, 저는 종종 어떤 일에든 다 다른 시간이 필요하다는 걸 잊고는 합니다. 문제가 생기면 바로 해결해야 하고, 문제가 발생해서 해결되기까지의 시간이 길어질수록 초조해하는 편이에요. 갈등과 바로 마주할 용기가 있는 게 아니라 당장 내 마음의 불편함을 견딜 수 없는 거겠죠. 갑작스러운 밤의 산책은 저를 아주 조금 바꿔놓았습니다. 모든 것을 지금 당장 해결

할 수는 없어. 시간이 필요해. 그 시간은 상황마다 아주 다를 것이고, 나는 그 사실을 받아들여야만 해, 라고 생각했습니다.

앞으로 저는 몇 시간의 산책을 필요로 하는 괴로움들과 얼마나 많이 만나게 될까요. 가장 긴 산책은 몇 시간짜리가 될까요. 그러고 보니, 자주 걷기 위해서는 이렇게 비가 많이 내리면 안 될 텐데 말이에요. 기후 위기가 제 삶에 이런 식으로 영향을 끼칠 줄 몇 달 전의 저는 알고 있었을까요? 뭐, 일단 저의 고통은 별것 아니었던 것으로 판명되었으니, 한동안은 비와 기후 위기 문제에 다시 집중할 수밖에 없겠습니다.

2020년 8월 12일

내일은 비가 좀 덜 내리기를 바라며,

효진

지구에서 만나요

이른 아침입니다. 요새 늦은 밤에는 귀뚜라미가 울고, 이른 아침에는 새가 울어요. '비가 오지 않는다면'이라는 가정을 덧붙여야 하지만 말이에요. 새소리를 들으며 잠이 드는 일은 낭만적으로 들릴지 몰라도, 실은 제가 제일 좋아하지 않는 일 중 하나입니다. 대체로 밤에 글을 쓰고 일을 하는 야행성 인간이긴 하지만, 새소리를 듣는다는 것은 잠자리에 드는 시간이 늦어져도 너무 늦어졌다는 의미거든요. 물론 요새는 새가 울기도 전에 시작되는 동네 근처 골목길의 공사 소리와 에어컨 실외기 소리 때문에 새소리는 무려 3순위 문제로 밀렸지만, 새벽을 넘어 이른 아침에 잠이 든다는 건 저 같은 사람에게조차 그리 유쾌한 일은 아닙니다.

　며칠 동안 이번 답장에 어떤 작품에 관한 이야기를 해야 할지 고민했습니다. 여러 가지 사정으로 〈시스터후드〉에서 다루거나 일에 필요한 작품이 아닌 콘텐츠는 보지도 읽지도 못하는 상태로 꽤 오랜 시간을 보내고 있는 데다가, '일한다, 잔다, 일어나면 다시 일한다.' 외에는 삶에 다른 사건이 벌어지지 않아서 저의 오늘을 떼어다 붙여

볼 수 있는 작품이 떠오르지 않더라고요.

　그러다 오늘 새벽, 뻑뻑한 눈을 누르고 있는데 문득 김초엽 작가의 『우리가 빛의 속도로 갈 수 없다면』을 다시 펼쳐 읽어야겠다는 생각이 들었어요. 어차피 잠이 오지 않았으므로 책장에서 책을 꺼내 들었고, 홀린 듯이 첫 단편인 「순례자들은 왜 돌아오지 않는가」를 읽었습니다. 소설의 마지막 문장에 이르렀을 때 비로소 온 우주가 저에게 김초엽 작가의 이 소설을 다시 읽기를 권하고 있었다는 사실을 알게 됐습니다. 나라는 사람 안에 아무렇게나 뒤엉켜 있는, 하고 싶은 말들을 풀어낼 실마리가 거기 있었거든요.

　조금 먼 미래의 일입니다. 지구 밖의 한 마을에 살고 있는 데이지는 성년식 때 마을을 떠나 시초지로 간 순례자들의 일부가 왜 돌아오지 않는지 의문을 품게 됩니다. 답을 찾기 위해 금서를 읽은 뒤에야 비로소 '같은 자궁에서 태어나 자매처럼 자라는 신인류'들이 사는 마을이 어떻게 탄생하게 됐는지, 시초지라고 불리는 지구라는 곳이 어떤 곳인지, 진실을 알게 되지요.

이 소설은 데이지가 읽는 것으로 알게 된 세상, 지구라는 세계를 직접 보기 위해 떠나면서 친구 소피에게 보내는 편지 형식으로 쓰여 있습니다. (이 정도면 왜 제가 온 우주의 신호를 받았다고 했는지 알 것 같지 않나요?) 데이지는 질문합니다. "그들은 왜 지구에 남을까? 이 아름다운 마을을 떠나, 보호와 평화를 벗어나, 그렇게 끔찍하고 외롭고 쓸쓸한 풍경을 보고도 왜 여기가 아닌 그 세계를 선택할까?" 이 질문에 대해서 작가 김초엽은 데이지의 목소리를 빌려 이렇게 말하죠. "올리브는 사랑이 그 사람과 함께 세계에 맞서는 일이기도 하다는 것을 알고 있었던 거야."

몇 주 전, 거의 석 달 만에 조카들을 만났습니다. 2016년에 태어난 둘째 조카 이안이가 저에게 물었어요. "고모, 코로나는 언제 끝나요?" 그 아이는 생의 5분의 1이 넘는 기간 동안 마스크를 쓴 채로 지내고 있습니다. 저는 그게 얼마나 슬픈 일인지 굳이 설명하고 싶지 않아요. 대신 이안이와 뛰어놀면서 알게 된 것에 관해 이야기해볼게요.

이안이는 그사이에 네발자전거 타는 법을 배웠습니다. 포켓몬의 이름도 더 많이 알게 되었고요. 곧 두발자전거 타는 법을 익힐 거고, 글자를 읽을 수 있게 되면 포켓몬의 이름을 바꿔줄 겁니다. 그러려면 고모를 만나야 하지요. 왜냐하면 고모는 진화를 할 수 있는 포켓몬도, 같이 사진을 찍고 싶은 귀여운 포켓몬도 많이 가지고 있으니까요. 고모는 형아만큼 달리기를 잘해서 잡기 놀이도 같이 할 수 있고, 고모가 오면 온 가족이 할머니 집에 모이니까요. "코로나가 끝나서 고모가 맨날 왔으면 좋겠어요." '매일'이 아니라 '맨날'만큼 사랑해서, 저는 처음으로 세계에 맞서보고 싶었습니다.

데이지가 마냥 기다릴 수 없어서 직접 보기 위해 찾아온 그 세계, 지구에 내가 살아가고 있다는 걸 실감하게 되는 매일입니다. 인간이 너무 많은 것을 망쳐놓아 소설 속에 예고된 100년 뒤의 미래가 인간에게 허락될 수 있는지를 의심하게 되는 2020년이고요.

하지만 이제 저는 새로운 생명이 태어날 때, 곁에 이런 약속을 한 어른들이 있었다는 걸 압니다. "우리는 그곳에서 괴로울 거야. 하지만 그보다 많이 행복할 거야." 어른인 저 또한 약속을 지키고 싶어졌습니다. 맨날 사랑하는 사람들이 있어서요. 그러니 여기서, 살아 있기에 할 수 있는 거창한 일들을 하려고 합니다. 그건 바로 누군가를 사랑하는 것으로 세계를 이해하는 일입니다. 그런 방식으로 세계의 나빠짐에, 도처의 고통에, 삶이라는 것의 본질적인 괴로움에 맞서는 일. 결국 실패가 예정되어 있는 이야기를 쓰며 세계를 이해하려 애쓰고, 누군가를 이전에 해본 적 없는 방식으로 사랑하는 일입니다.

그리고 아주 사소하고 평범한 일도 할 거예요. 우리가 종종 편지 속에 슬쩍 나누었던 그런 일상이죠. 어느 불면의 밤이면 좋아하는 소설을 몇 번이고 다시 읽으며 똑같은 장면에서 울고, 똑같은 문장에 밑줄 칠 거예요. 같은 사람에게 몇 번이고 새롭게 반하고, "면역이 생기지 않는 물리적인 세상의 아름다움"(『올리브 키터리지』)에 어김없이 감동하면서 살아갈 겁니다.

"몇 밤 자면 와요?"라는 조카들의 질문에 손꼽아 셀 수 있는 숫자로 대답할 수 있는 일상을 되찾을 거예요. 손을 자주 씻고, 야채를 챙겨 먹고, 엄마와 아빠에게 자주 전화하고, 조카를 위해 포켓몬을 잡고, 친구들과 하이볼을 마실 거예요. 괴롭지만 행복할 거예요. 여기, 사랑하는 사람들이 살아 있고, 살았던 지구에서. 그렇다면 우리는 언젠가 먼 미래에, 지구로 돌아오지 않아도 되겠죠. 그때도 여기 살고 있을 테니까요. 살며, 세계에 맞서고 있을 테니까요.

지난 수요일들, 어땠나요? 침대에서 갑자기 벌떡 일어나 첫 편지를 썼던 날과 몇 글자 너머로 나아가지 못하는 편지를 며칠에 걸쳐 힘겹게 써나갔던 날들이 떠오릅니다. 보내기 전까지 내내 고통스러운 날도 있었지만, 보내고 나면 늘 괜찮았어요. 어김없이 답장이 도착할 테니까요. 일주일 동안 꼬박 기다려온 답장을, 누군가와 함께 읽게 될 테니까요. 이 주고받음을 처음 기획했던 1년 전에도, 첫 편지를 쓰려고 준비하던 지난봄에도 저는 상상하지 못했습니다. 편지를 보내는 일에는 언제나 답장을 기다리는 마음이 동봉된다는 걸 말이에요.

사랑하는 사람들과 가까운 곳에서 떨어져 있던 밤, 지구 반대편을 향해 기약 없는 안부와 약속의 말을 건네던 봄, 나라는 사람의 쓸모를 도무지 알 수 없던 사라진 아침과 어느새 배경음악이 된 빗소리 사이로, 수요일은 어김없이 찾아왔습니다. 다시 김초엽 작가의 문장을 빌려오자면, 우리의 수요일들은 저에게 올해 겪은 "수많은 불행의 얼굴들 중 가장 나은" 무엇이었습니다.

"덕분입니다."로 시작한 편지가 여기까지 닿았습니다. 지난 편지를 읽으며 우산을 붕붕 흔들면서 씩씩하게 걷는 효진 씨를 머릿속에서 생생하게 그려내곤 혼자 웃었어요. 우리가 친해진 이유를 누군가 물을 때 "성격이 급해서."에 괄호를 치고 "속도가 비슷하다."고 멋지게 답하는 날들을 지나며, 또 이렇게 몇 년이 흘렀네요. 효진 씨의 새 책『나만의 콘텐츠 만드는 법』을 읽으면서 그 시간 동안 함께한 일들을 잘 정리할 수 있어 기뻤습니다. 그리고 그중 하나인 이 편지에 마침표를 찍을 날이 가까워

졌네요. 마지막 기다림의 순서가 저에게 찾아온 것이 행

운이라고 느껴집니다. 답장을 기다릴게요.

그럼 언제나 지구에서 만나요.

2020년 8월 19일

무한한 고마움을 담아,

이나

손을 자주 씻고, 야채를 챙겨 먹고, 엄마와 아빠에게 자주 전화하고, 조카를 위해 포켓몬을 잡고, 친구들과 하이볼을 마실 거예요. 괴롭지만 행복할 거예요. 여기, 사랑하는 사람들이 살아 있고, 살았던 지구에서.

수요일의 마지막 편지를 보내며

○ 영화 〈윤희에게〉, 2019년

'수요일에 만나요'를 시작하던 즈음, 기억나세요? 비슷한 시기에 뉴스레터 구독 서비스를 시작하는 사람들이 많아서 "역시 늦었다고 생각할 때가 늦은 거였나."라는 농담을 나눴죠. '수요일에 만나요'를 다른 뉴스레터와 묶어서 코로나19 시대에 서로 연결되려는 움직임 중 하나로 포착해낸 글도 있었던 것 같아요. 그런 글을 볼 때면 저는 생각했어요. 아닌데, 우리가 쓰는 편지는 코로나19와는 크게 상관없는데. 우리가 하는 일로 어떻게 수익을 낼 수 있을지 궁리한 끝에 나온 프로젝트인데. 1년 전, 책으로 만들어볼까 하다가 접었던 일을 마침 지금 실행해보는 건데, 하고 말입니다.

그런데 지난 편지를 읽고 비로소 알았어요. 4월부터 8월까지 코로나19의 한복판에서, 그러니까 코로나19가 확산되고 장기화될 것이라고 예상되었던 시기부터 조금 사그라들었던 때를 지나 또다시 심각해진 지금까지, 우리가 하필 이때 서로에게 편지를 보냈다는 사실은 중요하다는 것을요. 누군가의 이야기를 듣고 안부를 묻고 답장을 보내는 마음은 지금이기에 더욱 간절할 수밖에 없었다는 것을 말입니다.

우리의 편지에 다른 누군가의 답장이 돌아온다면 기쁘겠지만 '과연 누가 답장을 줄까?' 싶기도 했는데, 놀랍게도 서울이 아닌 다른 곳에서 각자의 이야기를 담아 편지를 보내온 사람들이 있었습니다. "똑똑, 엉망인 지구에서 다들 잘 지내고 있나요? 저는 그럭저럭 지내고 있어요."라고 서로 묻고 응답했던 거예요.

이나 님도 이야기했듯 내 이야기를, 심지어 다른 작품을 경유해서, 누군가 읽을 만한 편지로 바꾸어내는 일은 쉽지 않습니다. 제 차례가 돌아오는 주마다 어떤 글을 써야 할지 유난히 고통스러웠던 건 그 때문이었어요. 하지만 이번에는 그리 어렵지 않았습니다. '편지'에 대해 쓰겠다고 마음먹자마자 영화 〈윤희에게〉가 떠올랐거든요. 눈 쌓인 오타루의 풍경이 가짜 향수를 느끼게 만드는 그 작품이요.

여담이지만 저는 오타루에 딱 한 번 가봤는데요, 늦여름이었기 때문에 눈은 조금도 구경하지 못했어요. 거리를 걸으며 들었던 풍경(風磬)들의 소리와 작고 아늑한 카페에서 마셨던 커피의 맛만큼은 또렷하게 기억하고 있지만요. 막 오타루에 다녀왔을 때는 '멀지 않은 겨울에 꼭 다시 가야지.' 다짐했지만, 아마 당분간은 요원한 바람일 거예요.

〈윤희에게〉의 주인공, 윤희는 남편과 이혼하고 딸 새봄을 혼자 키우며 급식소에서 일하는 중년 여성입니다. 그는 늘 지쳐 보여요. 생계를 꾸려나가는 일이 고단하기도 하지만, 자기 자신으로 살지 못한 지 오래되었거든요. 그런 윤희에게 어느 날, 오래전 사랑했던 준의 편지가 일본에서 날아옵니다. 편지는 준의 고모를 거쳐 윤희의 딸 새봄을 지나 겨우겨우 윤희에게 닿아요. 새봄의 작전으로 오타루로 여행을 떠나게 된 윤희는 아주 오랜만에 준과 재회합니다. 오타루에서 만나 서로를 마주 보는 윤희와 준 사이에 그날 어떤 일이 있었는지, 어떤 이야기가 오갔는지 관객인 우리는 알 수 없어요. 그 시간은 준과 윤희, 둘만의 것으로 남았습니다.

한국으로 돌아온 윤희는 새로운 이력서를 쓰고 새 식

당에 일을 구하러 갑니다. 열심히 일을 배워서 작은 식당을 낼 거야. 윤희는 딸 새봄에게 말해요. 그 모습 위로, 준에게 보내는 윤희의 답장이 흐릅니다. "나도 더 이상 내가 부끄럽지 않았으면 좋겠어. (중략) 언젠가 내 딸한테 네 얘기를 할 수 있을까? 용기를 내고 싶어. 나도 용기를 낼 수 있을 거야." 윤희가 준에게 실제로 답장을 보냈는지 아닌지는 중요하지 않습니다. 윤희는 준을 만났고, 편지를 받고 답장을 쓰는 경험은 윤희를 바꿔놓았으니까요. 윤희의 편지는 준을 향한 것이지만 동시에 자기 자신을 향하는 것이기도 합니다. 더 이상 자신이 아닌 사람으로 살아가지 않겠다는 약속이에요.

이나 님과 제가 주고받은 편지는 당연히 윤희와 준의 편지와는 다르죠. (일단, 우리는 하루에도 수십 번 친구로서 메시지를 주고받잖아요.) 그저 제가 하고 싶은 말은 이거예요. 편지는 그것을 쓰기로 결심한 순간과 받은 이후, 쓴 사람과 받은 사람을 모두 어떤 식으로든 바꿉니다. 편지 한 장에 이런 힘이 있다는 게 정말 신기하지 않나요?

편지를 쓰기 전에 저는, 편지가 특별하다는 사실을 잊고 있었습니다. 편지를 마지막으로 주고받은 지가 언제인지 기억나지 않을 정도였거든요. 편지는 일상에 자연스럽게 녹아드는 게 아니라 일상의 각도를 바꿔놓고, 마음에 크고 작은 파동을 일으킵니다. 별일 없이 흘러가던 일상에 편지가 불쑥 끼어들면 그때부터 우리는 나에 대해, 편지를 보낸 사람에 대해, 또 세상에 대해 이전보다 조금 더 깊이 생각하게 됩니다.

편지를 주고받는 동안, 저는 어떻게 달라졌나 돌이켜봤어요. 어디서도 하지 않았던 저의 이야기를 조금 덜 어렵게 꺼내게 되었네요. 가장 달라진 건, 저와 이나 님과 다른 여성들과 세상을 조금 다르게 보는 방법을 배웠다는 거예요. 2주에 한 번, 편지를 쓰기 위해서는 어김없이 전에 도착한 이나 님의 편지를 몇 번이나 읽고 곱씹어봐야 했죠. 2주간 저에게 어떤 일들이 벌어졌는지, 그중 무엇이 인상적으로 남았으며 그 이유는 무엇인지도 생각해야 했어요. 저의 이야기지만 거기서 멈추지 않으려면 어떻게 편지를 써야 할까 고민하기도 했습니다.

다시 말해서, 글쓰기를 처음부터 다시 시작하는 느낌이었어요.

역시 마감은 고통스럽다고, 글쓰기는 아무리 해도 익숙해지지 않는다고 편지를 쓰는 날이면 징징대고는 했지만 그 이유는 단지 마감이 있기 때문이 아니라, 글쓰기가 어떤 행위인지 새롭게 배우는 과정이었기 때문입니다. 아무 일도 벌어지지 않는 것 같은 매일매일에서도 무언가 새로움을 발견해내는 것, 그 안에서 의미를 찾고 혹은 만드는 것이 글쓰기이기도 하다는 걸, 저는 편지를 쓰며 알게 됐습니다.

덕분에 "코로나19가 심각한 나날이었지."로 요약될 만한 시기에도 단지 코로나19만 있었던 건 아니라는 걸 예전보다 예민하게 감각할 수 있었습니다. 지워버리고 싶은 여름이라고 생각했지만 집에서 키우는 몬스테라가 새잎을 세 개나 냈다는 사실을 이나 님이 기억해냈듯이, 저 또한 그랬어요. 겨울에서 봄까지 죽은 것처럼 멈춰 있던 휘카스 움베르타가 새잎을 정말 많이 냈고, 해의 높이가 조금 바뀌어서 침대에 누워 노을 지는 광경을 볼 수 있는 계절이 다가왔다는 것을, 마스크를 끼고 밖으로 나가 배드민턴을 15분 정도는 칠 수 있을 정도로 바람이 없는 여름의 끝자락이라는 것을, 그리고 이 밖에 또 많은 것들을 알아채고 기억할 수 있었습니다.

똑같은 날은 없다는 말을, 저는 이제야 진심으로 이해해요. 그렇다면 편지가 없을 앞으로의 수요일도 살아갈 만할 거라고 생각합니다.

또, 언젠가의 수요일에 만나요.

2020년 8월 26일

2020년의 마지막 편지를 마치며,

효진

우리는 수요일마다 편지를 보냈고, 나는 매일 이야기를 썼다

‖‖‖ 도서 『우리는 밤마다 수다를 떨었고, 나는 매일 일기를 썼다』, 2020년

잠이 오지 않는 밤, 스마트폰의 사진첩을 뒤적이다가 지난여름에 우리가 함께 야외 수영장에 갔던 날 사진들을 다시 보았습니다. 내년에는 같이 망원 한강수영장을 가자고 했던 작년의 약속은 지킬 수 없었지만, 살면서 한 번도 가본 적이 없을 뿐 아니라 며칠 전까지는 이름조차 몰랐던 먼 교외의 야외 수영장에서 함께 수영을 했으니 약속이 반쯤은 지켜졌다고도 할 수 있겠네요. 반나절이지만 아주 오랜만의 휴가였는데도 약속이 반쯤만 지켜졌다고 느껴지는 건, 아마도 그날의 수영장에는 라면 조리기로 끓이고 달걀이 잠영한 라면 대신 조금 초라하게 느껴지는 컵라면만 있었기 때문이 아닐까 생각합니다.

그래도 둘이 함께 무언가를 할 때면 늘 그렇듯이 예상도 하지 못한 일들이 우당탕탕 벌어졌고, 그래서 좋은 날이었습니다. 지하철 6호선으로 연신내역까지 가서 경기광역버스로 갈아타고 한참을 또 가서야 우리가 내린 정류장의 이름은 '필리핀 참전비'였는데, 참전비 말고도 우뚝 서 있는 열몇 개의 비석을 지나야만 야외 수영장에 도착할 수 있었죠.

그 비석들에 새겨진 수많은 한자 중 제가 읽을 수 있는 건 오직 입구(人口)라는 두 자뿐이었습니다. 효진 씨에게 '모두 저쪽이 입구라고 말하고 있어.'라고 말하려고 했는데, 문득 수영장 뒤쪽 산 어딘가에 또 다른 세계로의 입구가 아주 많을 것이라는 생각이 들어서 입을 뗄 타이밍을 놓치고 말았어요. 그렇게 도착한 수영장 입구에서 할인가라 카드 결제는 안 된다고 말했기 때문에 허둥지둥 계좌 이체를 하느라, 또다시 그 말을 삼키고 수영장으로 들어가야 했습니다.

어리둥절한 채로 입장한 수영장에서는 할인가라서인지 찬물만 나오는 샤워장에서 샤워를 해야 했죠. 시작은 조금 불길했지만, 2년 만에 하는 야외 수영은 감동적일 정도였습니다. 세 시간쯤 수영을 하는 동안 정말 자주 웃었어요. 물에 일렁이는 빛의 그림자를 얼마나 오랜만에 보는지 얼마나 아름다운지를 몇 번이나 말했고, 평영 발차기를 잘하고 있는지 서로 확인해주었고, 효진 씨가 어제 다이소에 들러 사 왔다는 방수팩에 휴대폰을 넣고 물속에서 사진을 찍었습니다.

즐거웠나요? 저는 아주 즐거웠습니다. 배영을 하며 하늘을 보는데 기다리면 언젠가는 올 걸 알았지만, 기다리던 시간에는 다시 오지 않을 것 같았던 날이 왔다는 걸, 그게 오늘이고 지금이라는 걸 알았거든요. 효진 씨가 다시 한번 깊이 잠영을 하고 퐁, 튀어오르는 모습을 이번에는 영상으로 담으며, 나중에 그리워할 날을 드디어 살았다는 느낌을 받았습니다.

예전에는 이런 날이면 일기를 쓰곤 했어요. 하지만 작년에는 거의 일기를 쓰지 않았습니다. 특별한 날이 없다고 느꼈거든요. 대체로 혼자 있었고, 혼자인 시간의 대부분을 모니터를 바라보면서 지냈으니까요. 글을 써나가는 시간보다 앉아서 모니터와 마주하고 막막해하는 시간이 훨씬 긴 날들을 보내며, 일이 아닌 글은 한 글자도 쓸 기력이 없다는 핑계를 대곤 했습니다.

귀징의 책 『우리는 밤마다 수다를 떨었고, 나는 매일 일기를 썼다』를 읽으면서 일기를 썼더라면 좋았을 것이라는 생각을 뒤늦게 하게 됐어요. 새로운 일이 없다며 지

루해하고 끝도 없이 가라앉는 기분을 모르는 체하는 대신, 바뀌는 마음의 모양을 남겨두었다면 한 시기가 이토록 희미하지는 않을 텐데요.

2020년 1월 23일, 코로나19 바이러스로 인해 중국 우한이 봉쇄되자 우한에 살고 있던 페미니스트 사회 활동가 궈징 역시 도시를 벗어나지 못하게 됩니다. 그때 한 친구가 일기를 써보라고 권했고, 궈징은 사회 활동가로서 "기록한다는 것에 대해 큰 책임감을" 느껴 일기를 쓰기 시작하죠. 봉쇄가 시작한 날부터 해제된 4월 8일까지 썼는데, 책은 3월 1일까지의 일기를 담고 있습니다. 그로부터 열흘 뒤인 3월 11일, WHO에서 코로나19 팬데믹을 선언하게 되고요.

그런 이유로 이 책, 궈징의 일기는 세계적으로 닥쳐오게 될 전염병의 시대와 필연적인 고립을 미리 살아본 사람의 기록이 됩니다. 우한이 봉쇄되었던 시기에 '설마' 하며 일상을 살아간 우리는, 그 시기에 한 거의 모든 평범한 일들을 더는 누릴 수 없는 시절로 곧 들어서게 되지요. 시차가 있기는 했지만 지구 전체가 그 입구로 들어서는 데는 한 계절도 필요하지 않았습니다. 팬데믹이 선언된 2020년 3월 11일은 이제 지구가 하나의 거대한 입구에 들어섰다는 것을, 우리는 거꾸로 갈 수 없다는 것을 알려준 날로 오래 기억될 거고요.

궈징이 썼듯이 이 일기는 사적인 기록이라기보다는 "일기라는 방식으로 진행한 공적 서사"입니다. 하지만 일기인 이상 '궈징이 바라보는' 세계와 국가, 시스템과 제도, 사람과 관계, 그리고 감정이 어느 정도는 드러나요. 처음 도시가 봉쇄되어 집 밖으로 산책만 나갈 수 있었던 시기에는 환경미화원처럼 필수 노동을 하는 노동자들과 대화하면서 전염병의 위협에 취약할 수밖에 없는 계층에 대한 이야기를 꺼내놓습니다. 무엇보다 비혼의 여성으로서 혼자 고립이 되었기에, 그 누구보다 빠르게 봉쇄와 고립 상태가 여성의 삶에 어떤 영향을 미치는지를 알아채고 돌봄 노동과 가정 폭력 문제에 대해 질문하기도 합니다.

팬데믹 시대를 살아가는 우리 모두가 고민해봐야 할 거의 모든 문제가 들어 있는 이 책에서 가장 좋았던 부분은, 그럼에도 반복되는 일상이었습니다. 궈징은 몇 가지 정보를 매일 씁니다. 산책을 한 날은 발걸음이 기록된 동선을 알려주고, 도시 단위에서 단지(도시 거주지를 나누는 중국의 단위)로 봉쇄 영역이 좁아진 뒤로는 햇볕을 쬐기 위한 최소한의 외출을 하면서 그날의 날씨가 어땠는지를 기록하죠. 매일의 저녁 식사 메뉴와 함께 반복해 등장하는 정보는 친구들과 나눈 수다의 주제입니다. 궈징이 고립된 후, 궈징과 친구들은 매일 저녁 화상 채팅 창을 열어 대화를 나눴거든요. 제목의 '밤마다 수다'가 매일 이어지는 거예요. 주제는 중구난방이지만 수다는 계속됩니다. 바로 그런 날들이 이어졌기 때문에, 궈징은 버틸 수 있었을 거예요. 모니터로나마 사랑하는 사람들을 보고, 목소리를 들을 수 있는 상황. 세상과 연결되어 있다는 느낌.

궈징의 일기를 다 읽은 뒤, 우리가 지난해 봄과 여름 주고받은 편지도 찬찬히 다시 읽어보았습니다. 편지를 쓰고, 답장을 받고, 다시 답장을 보내는 일을 골몰하던 시기를 지나와 조금 멀리에서 보니 우리가 주고받은 편지

안에도 중요한 한 시절이 담겨 있다는 것을 알았어요. 편지를 쓰기 시작한 덕분에 남은 생애 두고두고 돌이켜볼 특별한 해의 두 계절 동안 나를 지나간 생각들을, 나누고 싶었던 대화를, 건네고자 했던 질문들을 남길 수 있었다는 것을 알았습니다. 의도한 것은 아니었지만 덕분에 기억할 수 있게 되었다는 것도요.

홀로 매일 이야기를 쓰며 보낸 가을과 겨울, 그리고 봄을 지나오면서, 후회가 되는 일이 하나 있습니다. 웃지도 않고 춤을 추지도 않으면서 지냈던 시기에 같이 웃는 방법을 찾아줄 사람들에게 "도와줄 수 있나요?"라고 말할 수 있었더라면 얼마나 좋았을까요? 각자의 방식으로 새로운 세상을 살아갈 방식을 터득하고 있었을 사랑하는 이들에게 "오늘 하루는 어땠나요?"라고 더 자주 물었어도 좋았겠다고 생각했습니다.

그리고 떠올렸죠. 효진 씨는 자주 제게 "괜찮아요?"라고 묻곤 한다는 것을요. 그 물음을 듣고 '내가 지금 괜찮은가?'를 한 번 더 확인해보는 것으로, 괜찮아지는 날도 있었습니다. 귀징의 책을 저에게 추천한 사람이 효진 씨였음을 다시 떠올립니다. 늘 좋은 것을 나누어주고, 좋은 질문을 건네주어 고맙습니다. 한 권의 책이 된 우리의 편지뿐만 아니라 또 다른 친구들과 거의 하루도 빠짐없이 나눈 수다 덕분에 또 한 시절을 지나올 수 있었다는 걸, 이제는 알아요.

아마도 우리는 꽤 오랫동안 2020년과 그 이후에 대해서 말하게 되겠죠. 삶의 많은 부분을 바꿔놓은 코로나 바이러스 그 자체보다는, 바뀐 삶에 대해서, 그 시기를 어떻게 지나갔는지, 어떤 감정을 누구와 나누었는지에 대해서 말할 겁니다. 세계가 던진 질문의 답을 누구와 찾고 싶었는지, 그래도 매일 하고 싶었고 했던 일이 무엇이었는지요.

그때마다 저는 우리가 주고받은 편지에 대해서 이야기하게 될 것 같아요. 아무것도 알 수 없었기에 막막했고 세상에 벌어지는 일들을 대체로 믿을 수 없었던 그해 봄과 여름, 나는 친구와 편지를 주고받았다고요. 한 시간을 통화하고서도 "자세한 건 만나서 얘기해."라고 말하는 친구들처럼, 매일 수다를 떨고 남은 이야기를 메신저로 주고받는 것으로도 모자라 수요일마다 아주 긴 편지를 보냈다고. 아직도 남은 안부를 묻고, 말풍선 속에 담기 어려운 이야기들을 써서 보내면, 서로에게뿐만 아니라 그 편지를 읽어준 또 다른 여자들에게 답장이 오기도 했었다고요.

그래서 한 번도 예상하지 못한 일이 벌어진 세계에서 혼자 잠드는 밤이 두렵지만은 않았다고요. 나는 우리가 연결되어 있다는 것을 알고 있었기 때문입니다. 우리가 사랑하고 사랑했던 모든 여자들, 얼굴은 알지 못하지만 분명히 이어져 있다는 믿음을 주었던 수많은 여자들, 그리고 그 여자들이 쓰고 만든 이야기 속에서 만난 여자들까지도.

지난 편지에 보내는 뒤늦은 답장이자 2021년에 보내는 첫 편지입니다. 여기가, 우리가 또 다른 이야기를 시작하며 무슨 일이 벌어질지 모르는 채로, 그래도 같이 걸어 들어가는 입구가 되기를.

2021년 10월 13일

자세한 건 만나서 얘기할 수 있는 날이 모두에게 어서

찾아오기를 바라며,

이나